Chère lectrice,

Comme chaque année, dès les premiers jours de décembre, un parfum de magie et de féérie semble flotter dans l'air. Le sentez-vous, vous aussi ?

Pour Bella, l'impétueuse héroïne de *L'héritier de Haverton Manor* (Melanie Milburne, Azur n° 3424), c'est bien un décor féérique qui s'offre à elle lorsqu'elle retrouve Haverton, le manoir de son enfance au parc recouvert de neige étincelante, pour les fêtes de fin d'année. Mais la magie n'a pas fini d'agir… Car c'est une famille, celle dont elle a toujours rêvé, qu'elle va trouver, en même temps que l'amour, auprès d'Eduardo Silveri, l'homme qu'elle croyait détester, son ennemi de toujours.

N'oubliez pas non plus, ce mois-ci, le dernier tome de votre merveilleuse trilogie « Indomptables Séducteurs » de Sandra Marton. Dans *Le défi de Travis Wilde* (Azur n° 3423), c'est le plus jeune des frères Wilde, Travis, qui va succomber aux charmes de la passion et se battre, à son tour, contre les sentiments que lui inspire la troublante Jenny. Une héroïne à la fois forte et touchante qui saura ravir le cœur de ce play-boy farouchement indépendant.

Comme nos héroïnes, je ne peux que vous encourager à vous laissez emporter, vous aussi, par la magie de Noël !

Je vous souhaite de belles lectures, et d'excellentes fêtes de fin d'année.

La responsable de collection

D0684748

Un serment pour Noël

MARGARET MAYO

Un serment pour Noël

collection *Azur*

éditions HARLEQUIN

Collection : Azur

*Cet ouvrage a été publié en langue anglaise
sous le titre :*
HER HUSBAND'S CHRISTMAS BARGAIN

Traduction française de
FRANÇOISE PINTO-MAÏA

HARLEQUIN®
est une marque déposée par le Groupe Harlequin
Azur® est une marque déposée par Harlequin S.A.

© 2004, Margaret Mayo. © 2013, Traduction française : Harlequin S.A.
83-85, boulevard Vincent-Auriol, 75646 PARIS CEDEX 13.

Service Lectrices — Tél. : 01 45 82 47 47
www.harlequin.fr
ISBN 978-2-2802-8024-2 — ISSN 0993-4448

1.

Luigi Costanzo passait non loin de l'estrade décorée quand il surprit ce qu'une petite fille chuchotait au Père Noël.

— Je veux un papa comme cadeau…

Curieux, et touché au cœur, il suivit des yeux l'enfant aux boucles blondes qui retournait vers le groupe de parents rassemblé autour de l'estrade. En découvrant sa mère, il se figea, sous le choc.

Megan ? Non, c'était impossible !

Pourtant, c'était bien elle… Il ne l'avait pas revue depuis quatre ans. Elle avait toujours la même silhouette élancée, et ses cheveux blonds flottaient sur ses épaules. Elle n'avait même pas l'air plus âgée.

Plissant les yeux, il fit glisser son regard de la mère à l'enfant. Puis d'un geste il avisa un employé qui se trouvait à proximité.

— Suivez cette femme, là-bas. Vous me communiquerez son adresse.

— Bien, monsieur.

S'il fut surpris par cette requête, le jeune homme n'en montra rien et se mit immédiatement en route. On ne discutait pas les ordres du nouveau patron des Galeries Gerards.

***

— Ma chérie, qu'as-tu demandé ?

Megan regarda avec tendresse sa fille qui sautillait à son côté. Il était tard et elle aurait préféré ne pas s'arrêter au stand du Père Noël, mais Charlotte l'avait tellement suppliée qu'elle n'avait pas eu le cœur de lui dire non. Elles rentreraient à Greenwich par le prochain train de banlieue ; ce serait en pleine heure de pointe, mais tant pis.

— Un papa.

Megan eut du mal à cacher sa surprise et son émotion. Néanmoins, elle réussit à esquisser un sourire indulgent.

— Je ne pense pas que le Père Noël apporte des papas. Tu aurais dû demander un jouet.

Ce disant, la jeune femme prit conscience de la gravité de la situation. Sa fille avait besoin d'un père. Si Luigi avait été différent…

Stop ! Inutile de suivre cette idée, se sermonna-t-elle. Elle avait été stupide de l'épouser. Dire que ses parents avaient été convaincus qu'elle ne trouverait pas de meilleur parti…

« C'est un homme ambitieux et, avec lui, tu ne manqueras jamais de rien », lui avaient-ils répété.

Megan comprenait leur raisonnement, bien sûr. Son père n'avait pu garder le même emploi très longtemps à cause de sa santé défaillante, et l'argent avait cruellement manqué. Aussi lui en avaient-ils beaucoup voulu quand elle leur avait annoncé qu'elle avait quitté Luigi.

— Tu commets une épouvantable erreur ! avait lancé sa mère.

Megan n'était pas de cet avis. Le seul but de Luigi dans la vie était de gagner de l'argent. Pour lui, son épouse était juste bonne à tenir la maison, à faire la cuisine et à lui faire l'amour chaque fois qu'il le désirait. Quant à elle, pauvre sotte, elle l'avait aimé à la folie !

Chassant ces souvenirs pénibles, Megan se concentra sur le babillage de sa fille. Charlotte était un vrai moulin à paroles ! Le Père Noël lui avait remis un cadeau et, durant le trajet jusqu'à la maison, elles s'amusèrent à deviner ce que contenait le joli paquet enrubanné.

Leur maison était un pavillon mitoyen situé à Greenwich, dans la banlieue de Londres, que Megan partageait avec Jenny Wilson, sa colocataire et amie.

A peine eut-elle refermé la porte d'entrée que Charlotte déchira le papier cadeau. Si Megan fut déçue en découvrant la poupée-soldat, Charlotte, elle, fut ravie.

— Regarde, maman ! On dirait un petit papa. Comme il est gentil, le Père Noël !

Pauvre Charlotte, il s'agissait évidemment d'une erreur dans la répartition des jouets de fille et des jouets de garçon.

— Comment vas-tu l'appeler ? demanda Megan en souriant.

— Ben, papa, tiens ! Allez, viens, papa, on va jouer.

Le cœur lourd, Megan la regarda serrer sa poupée dans ses bras. Elle n'avait pas eu conscience jusque-là que Charlotte souffrait de ne pas avoir de père. Comment, à trois ans, avait-elle pu concevoir cette idée ?

Quoi qu'il en soit, le « papa-poupée » prit une grande place dans leur vie les jours suivants, au point que Megan supportait de moins en moins ces continuelles références au père absent, qui faisaient resurgir des souvenirs qu'elle aurait préféré oublier.

Le dimanche matin, quand Charlotte vint se glisser dans son lit, la poupée l'accompagnait, bien sûr. Elles somnolaient toutes deux, quand la sonnette de l'entrée retentit.

Megan fut tentée de l'ignorer. La barbe ! Qui se permettait de les déranger un dimanche matin ? C'était sans doute pour Jenny. Or, celle-ci passait le week-end chez son fiancé.

D'autres coups de sonnette suivirent, de plus en plus

insistants, jusqu'à devenir un signal sonore ininterrompu. De toute évidence, celui ou celle qui gardait son doigt sur le bouton n'avait pas l'intention de s'en aller.

Exaspérée, Megan finit par se lever et enfila sa robe de chambre.

— Charlotte, garde le lit bien chaud. Je reviens tout de suite.

« Juste le temps de dire ma façon de penser à cet enquiquineur ! » pesta-t-elle en descendant l'escalier.

D'un geste brusque, elle ouvrit la porte d'entrée… et resta clouée sur place en découvrant son visiteur. Son cœur manqua un battement et elle se sentit blêmir d'un coup.

Oh ! non ! Pas lui…

S'il y avait quelqu'un qu'elle ne s'attendait pas à voir, c'était bien son mari. Après toutes ces années, elle s'était crue en sécurité. Même ses parents ne connaissaient pas son adresse. Du reste, Luigi Costanzo s'était si peu soucié d'elle quand ils vivaient ensemble que pas une seconde elle n'avait imaginé qu'il la rechercherait.

Le temps n'avait pas eu de prise sur ses traits hâlés, et son charme ténébreux si typiquement italien semblait même s'être accentué. Ses cheveux de jais étaient coupés très court. Il avait des yeux troublants, d'un brun profond, et ses lèvres sensuelles formaient un pli dur.

Même s'il n'avait pas pris la peine de gravir la marche du perron, il la dominait de sa haute taille. Il était impressionnant, constata Megan, la gorge sèche. Et aussi beau qu'autrefois.

— Je viens réclamer ma fille.

Cette déclaration directe la suffoqua et elle comprit que son pire cauchemar se réalisait. Sentant ses jambes flageoler, elle agrippa la poignée de la porte.

— Co… Comment es-tu au courant ? s'étrangla-t-elle.

— Ainsi, c'est bien mon enfant ! lâcha-t-il en dardant sur elle un regard de triomphe.

Oh ! mon Dieu ! Il l'avait piégée. Elle aurait voulu le gifler ou au moins lui claquer la porte au nez. Mais elle se sentait trop faible pour esquisser le moindre geste.

— Puis-je entrer ou allons-nous négocier sur le pas de la porte ? s'enquit-il.

Négocier ? Négocier quoi ? se demanda Megan, prise de panique. Des droits de visite ? Aucune chance ! Il ne faisait plus partie de sa vie — et encore moins de celle de Charlotte. Elle aurait dû divorcer, cela aurait été plus sûr, mais elle avait été loin d'imaginer qu'il la retrouverait.

Elle le toisa avec méfiance. Court pardessus noir, pantalon gris au pli impeccable, chaussures italiennes… Il donnait l'impression d'avoir réussi dans la vie. Rien que son attitude pleine d'assurance en disait long là-dessus.

Ses yeux sombres la fixaient sans ciller, si bien qu'elle finit par reculer d'un pas, l'invitant bien malgré elle à entrer dans son petit vestibule. Elle s'en voulut d'autant plus de cette faiblesse qu'elle avait le sentiment effrayant qu'elle la regretterait toute sa vie.

D'un pas saccadé, elle pénétra dans son salon-salle à manger et alla tirer les rideaux, laissant la froide lumière hivernale éclairer la pièce. Puis elle se tourna vers lui, les bras croisés sur sa robe de chambre en laine violette. Pas exactement la tenue qu'elle aurait choisie pour affronter l'ennemi, se dit-elle avec nervosité.

Luigi s'était arrêté sur le seuil.

— Comment m'as-tu trouvée ? lui demanda-t-elle d'un ton hostile.

— Quelle importance ? Ce qui compte, c'est que tu m'aies caché l'existence de ma fille.

— Parce que tu crois que tu aurais fait un bon père ? Tu ne m'as jamais témoigné la moindre affection. Je ne voulais pas que mon enfant subisse le même sort.

Luigi parut tomber des nues, puis il prit une profonde inspiration.

— Je travaillais pour notre avenir, Megan.

— Et donc je ne comptais pas ?

— Bien sûr que si. Seulement, je pensais que tu comprenais.

— Oh ! je comprenais très bien ! répliqua-t-elle. Tu croyais que j'étais heureuse de rester sagement à la maison pendant que tu bossais comme un fou pour gagner ton premier million. Tu pensais que la perspective de cet argent suffisait à mon bonheur, n'est-ce pas ? Eh bien, laisse-moi te dire une bonne chose : l'argent ne m'a jamais intéressée. Du moment que j'en ai assez pour avoir un toit, nous nourrir et nous habiller, Charlotte et moi…

— Charlotte ? C'est donc le prénom de ma fille. Mmh, j'aime bien, coupa-t-il en souriant. Où est-elle ? J'aimerais…

— Elle dort, mentit Megan.

— Je veux la voir.

— Et ensuite ? Je te préviens, si tu as l'intention de l'emmener, il faudra d'abord me passer sur le corps !

Megan avait conscience que sa voix virait à l'aigu, mais elle n'y pouvait rien. N'avait-il pas dit qu'il venait réclamer sa fille ? Oh ! mon Dieu ! Jamais il ne lui enlèverait Charlotte. Elle se battrait bec et ongles pour l'en empêcher.

— Je veux que Charlotte et toi veniez chez moi pour Noël, déclara-t-il alors.

Elle le fixa avec incrédulité. Si elle s'était attendue à ça…

— C'est impossible, répondit-elle en se ressaisissant. Je n'emmènerai pas ma fille passer les fêtes chez un inconnu.

Elle vit à son regard qu'elle l'avait blessé. C'était bien le cadet de ses soucis. Comment osait-il faire irruption ici et régenter sa vie ?

— Je ne suis pas un inconnu, mais son *père*, riposta-t-il. Et à ce titre, j'ai des droits. S'il le faut, je les ferai appliquer.

Il s'avança dans la pièce, s'arrêtant à quelques centimètres d'elle. Il avait l'air si menaçant que Megan en eut la chair de poule. Elle aurait voulu reculer, mais laisser paraître sa peur revenait à lui donner l'avantage. Au lieu de quoi, Megan se raidit et serra les dents. Luigi pouvait se montrer impitoyable quand il voulait obtenir quelque chose. Elle l'avait vu à l'œuvre dans sa vie professionnelle et elle ne doutait pas qu'il serait tout aussi déterminé en ce qui concernait sa fille.

Elle restait immobile, ne sachant quelle autre attitude adopter, quand il la saisit aux épaules. Aussitôt, Megan sentit un mélange bouillant de colère, de peur et de désespoir monter en elle comme une vague. Avec une force qu'elle ignorait posséder, elle le repoussa. A cet instant, du coin de l'œil, elle vit Charlotte pénétrer dans le salon, la mine apeurée.

— Maman, c'est qui, le monsieur ? Pourquoi il est chez nous ?

Megan courut vers elle et la prit dans ses bras. Comment trouver le courage d'expliquer à Charlotte qui était leur visiteur ? Et par quel hasard Luigi surgissait-il au moment précis où sa fille réclamait un père ? Il ne jouait aucun rôle dans leurs vies. Ni aujourd'hui, ni jamais ! se dit-elle farouchement. Restait à savoir comment se débarrasser de lui.

— On dirait que ta maman n'a pas envie de t'expliquer qui je suis, dit-il à cet instant en s'adressant à Charlotte.

Devinant ce qui allait suivre, Megan lui lança un regard noir. Mais il l'ignora.

— Je suis ton père, annonça-t-il.

C'était une déclaration si brutale et si froide que Megan l'aurait volontiers étranglé !

— C'est le Père Noël qui t'a envoyé ? demanda Charlotte d'une toute petite voix.

L'image le fit sourire.

— Bien sûr. Il m'a dit qu'une petite fille très spéciale cherchait un papa.

Charlotte se tourna vers sa mère, les yeux émerveillés.

— Oh ! Maman, comme il est gentil, le Père Noël !

— Il fait toujours de son mieux, ma chérie, mais ce n'est pas encore Noël, tu sais.

Que pouvait-elle dire d'autre ? Bon sang, de quelle façon Luigi avait-il su que Charlotte avait commandé un père pour Noël ? Et comment s'y était-il pris pour les retrouver ? Il vivait dans le Derbyshire, à l'époque, et n'avait aucune attache à Londres. L'avait-il cherchée pendant toutes ces années ? Elle en doutait. Peut-être l'aurait-il fait s'il l'avait aimée…

La voix de Luigi la ramena au présent.

— Mais c'est bientôt, disait-il à Charlotte. Que dirais-tu si ta maman et toi veniez passer Noël chez moi ? J'ai une grande maison. Tu pourras décorer le sapin et Dieu sait combien de cadeaux tu trouveras dessous.

— *Luigi !* souffla Megan, furieuse.

Comme chantage émotionnel, il n'y avait pas pire. Oh ! il comblerait Charlotte de cadeaux sans doute, mais ce que sa fille désirait avant tout, c'était un père qui l'aime et lui montre de l'affection. Acheter l'amour d'un enfant était quelque chose d'odieux. Malheureusement, c'était tout ce que Luigi était capable de faire.

Elle avait posé Charlotte à terre et, cachée derrière ses jambes, l'enfant risquait des coups d'œil prudents en direction de Luigi.

— Comment oses-tu ? reprit Megan d'un ton glacial. J'ai déjà des projets pour Noël. Pourquoi devrais-je les changer pour satisfaire un caprice de ta part ?

— Il ne s'agit pas d'un caprice, déclara-t-il. Et je ne te laisse pas le choix.

*
* *

Luigi était dans une colère noire. Il avait été anéanti quand Megan était partie. Mais qu'elle ait porté son enfant et qu'elle n'ait pas daigné l'avertir, voilà ce qu'il ne pouvait digérer ! Il fallait qu'elle le déteste pour en arriver là.

A vrai dire, il ne s'était pas rendu compte que quelque chose clochait dans leur mariage. Après le départ de Megan, il s'était creusé la tête des nuits entières pour trouver une raison plausible à son geste. En vain. Il avait pensé qu'elle était heureuse. Quelle raison aurait-elle eue de ne pas l'être ? Il subvenait largement à ses besoins, elle n'avait jamais manqué de rien… Ni ses parents, ni ses amies n'avaient su où elle était allée et toutes ses recherches s'étaient révélées vaines. Même la police n'avait pu lui fournir de renseignements.

Il s'était alors plongé à corps perdu dans le travail, en espérant qu'un jour elle le contacterait. Puis, le temps passant, il avait dû se faire à l'idée que son mariage n'était plus qu'un souvenir.

Quand il l'avait vue dans le magasin, il avait été sidéré. Et en regardant plus attentivement la petite fille, il avait su qu'elle était de lui. Il avait gardé une photo de sa mère au même âge et la ressemblance était frappante.

Megan l'avait privé de sa fille et, maintenant, elle affirmait qu'il n'avait aucun droit sur elle ? Bon sang ! Qu'avait-il fait pour mériter ça ? La seule chose dont il était sûr, c'est qu'elle ne le quitterait pas une deuxième fois.

— Je n'ai pas le choix ? lança-t-elle à cet instant. C'est bien ce qu'on va voir ! Personne, pas même toi, ne me forcera à faire ce que je ne veux pas faire.

Luigi ne put s'empêcher d'admirer son cran. L'éclat de ses yeux gris et son air hérissé lui firent penser à une tigresse défendant son petit. Et c'était exactement ce qu'elle faisait ; sauf que Charlotte était autant sa fille que la sienne.

— Tu refuses mon invitation ? Explique-moi pourquoi.

Il était persuadé qu'elle n'avait aucune explication à lui fournir, en dehors du fait qu'elle ne l'aimait plus. Mais ce n'était pas une raison pour le priver de sa fille. Il ne s'était jamais beaucoup intéressé aux enfants et, à Noël, il préférait travailler. Mais soudain il avait envie de prendre quelques jours de congé pour faire connaissance avec cette adorable fillette qui l'épiait, cramponnée à la robe de chambre de sa mère.

— La raison, c'est que Charlotte ne te connaît pas, répondit Megan. Et pour être tout à fait franche, je ne tiens pas à ce qu'elle fasse plus ample connaissance avec toi. Un père constamment absent, c'est pire que pas de père du tout.

— Tu oses me traiter de « père absent » ? C'est toi qui es partie, je te signale, la contra-t-il en haussant la voix.

— Maman, qu'est-ce qu'il y a ? fit entendre Charlotte en tirant sur le peignoir de sa mère.

— Rien, mon cœur, la rassura Megan. Je ne suis pas sûre de vouloir passer Noël chez… ton père.

— Moi, je veux, murmura la fillette en offrant à Luigi un sourire timide.

Luigi exulta. La partie était à moitié gagnée. Restait à convaincre Megan. Il l'entendit soupirer. Sans doute cherchait-elle une échappatoire.

— Tu es toujours le même, n'est-ce pas ? dit-elle enfin. Rien ne doit contrecarrer tes plans. Combien de millions as-tu gagné de cette façon ?

La question le surprit.

— Assez pour racheter le groupe Gerards, lui indiqua-t-il.

Megan en resta interloquée. Car les Galeries Gerards étaient le grand magasin par excellence.

— Je savais que tu avais de l'ambition, mais de là à imaginer que tu irais si loin et si vite… Où vis-tu maintenant ? demanda-t-elle, désireuse d'en apprendre davantage à son sujet.

— J'ai un appartement au cœur de la City où j'habite pendant la semaine, mais ma résidence principale se trouve dans le Sussex, non loin de Brighton.

— Tu savais que j'habitais ici ?

Il ébaucha un sourire amer.

— Pas du tout. Je passais dans les rayons du magasin quand j'ai entendu une gamine dire au Père Noël qu'elle voulait un papa. C'était si inattendu que je l'ai regardée courir vers sa mère. Tu imagines mon étonnement en voyant que c'était toi.

— Et tu as mis tes espions à mes trousses pour découvrir où j'habitais ! conclut-elle d'un ton accusateur.

— Tu n'aurais pas fait la même chose à ma place ? répliqua-t-il vertement. Je découvrais que j'avais une fille de trois ans dont j'ignorais l'existence. J'ai du mal à croire que tu aies pu me faire ça. Mais nous en reparlerons plus tard. En attendant, il est temps de t'habiller et de faire tes bagages.

Megan ravala son souffle, écœurée par cet accès d'autorité.

— On y va, maman ? fit la petite voix de Charlotte à cet instant.

Megan prit une profonde inspiration. Que faire ? Charlotte la regardait avec des yeux si brillants…

— C'est bon, tu as gagné, Luigi, lâcha-t-elle d'un ton résigné. Nous irons passer Noël chez toi. Mais il reste une semaine d'ici là et je ne serai en congé que jeudi soir. Nous viendrons vendredi, pas avant. Et dès que Noël sera passé, nous serons de retour ici. Toutes les deux, souligna-t-elle. Est-ce clair ?

Luigi aurait voulu discuter, mais il refusait de s'opposer à elle devant Charlotte.

— J'enverrai une voiture vous chercher, annonça-t-il simplement.

Megan redressa le menton.

— Pas la peine. Donne-moi ton adresse et nous viendrons par nos propres moyens.

Luigi nota la lueur belliqueuse qui animait ses yeux gris teintés d'améthyste.

— Ne sois pas ridicule, déclara-t-il. Ma voiture passera te prendre à 10 heures. Sois prête. Et n'essaie surtout pas de t'enfuir de nouveau, Megan.

Postée devant la fenêtre, Megan regardait Luigi monter dans une belle Mercedes noire.

— J'aime bien mon papa et je voulais aller avec lui, geignit Charlotte.

— Je sais, ma puce, mais maman doit encore travailler quelques jours.

— Pourquoi il n'habite pas avec nous ? Le papa de Laura habite avec elle et celui de Katie aussi.

Megan se détourna de la fenêtre et prit sa fille dans ses bras.

— Parfois, les papas et mamans ne s'aiment plus et ils vivent dans deux maisons. Autrement, ils n'arrêteraient pas de se disputer.

— Tu te disputais avec mon papa ?

— Non, pas vraiment.

— Alors, pourquoi il habite dans une autre maison ? répliqua Charlotte. Je veux qu'il habite avec moi tout le temps !

Megan soupira. Comment expliquait-on à un enfant de trois ans que son père était un bourreau de travail qui négligeait sa famille ? La vie à trois ne serait certainement pas le beau rêve que Charlotte entrevoyait.

Par chance, Jenny téléphona à cet instant, pour demander si Megan voulait bien mettre son linge dans la machine à laver. Quand la conversation prit fin, Charlotte avait oublié sa question.

N'empêche que son dimanche était fichu, soupira Megan. Elle avait prévu de passer la journée à jouer avec Charlotte, mais Luigi était arrivé et, à présent, elle ne pensait plus qu'à cette incroyable entrevue et au fait qu'elles allaient passer Noël chez lui.

Elle aurait dû se montrer plus ferme et refuser.

« Et priver ta fille de ce qu'elle désire le plus au monde ? » lui souffla une voix intérieure.

Non, bien sûr. Décidément, ce Noël s'annonçait comme un supplice.

Elle passa les quatre jours suivants dans une attente angoissée. Elle termina ses courses de Noël, refusant de choisir un cadeau pour Luigi. En quel honneur ? Elle lui en voulait de lui forcer la main de cette façon.

Jenny et son fiancé se rendaient à Paris pour Noël et, en ce 24 décembre au matin, le chaos régnait dans la maison, tandis que tout le monde se préparait en même temps. Quand Jenny et Jake partirent enfin, Megan n'eut qu'un bref répit avant l'arrivée de la Mercedes.

Charlotte, qui guettait à la fenêtre, se mit à hurler de joie. Loin de partager son enthousiasme, Megan fut contrariée en constatant qu'à la place du chauffeur qu'elle avait attendu c'était Luigi lui-même qui était au volant.

— Prête ? s'enquit-il dès qu'elle l'eut fait entrer.

Il portait un costume anthracite et une chemise d'un blanc immaculé agrémentée d'une cravate jaune safran. Il incarnait en tout point l'homme d'affaires brillant et séduisant, et Megan ne put s'empêcher, en le contemplant, d'éprouver une certaine nostalgie.

— Autant qu'on peut l'être, répondit-elle d'un ton brusque.

— Tu n'es pas enchantée de passer Noël avec moi, à ce que je vois, fit-il remarquer. Je ferais peut-être mieux de n'emmener que Charlotte et de te laisser ici pour…

— C'est hors de question !

Il esquissa un léger sourire, lequel ne se refléta pas dans ses yeux. Rien à voir avec le sourire ravageur qui l'avait tant subjuguée autrefois, se souvint Megan. Non, ce sourire-là laissait entrevoir toute sa détermination.

— Allons-y. Ce sont tes affaires ? dit-il en regardant les deux petites valises d'un air dubitatif.

— Nous ne resterons chez toi que le temps des fêtes, déclara-t-elle à voix basse pour ne pas être entendue de Charlotte. Je croyais avoir été claire sur ce point.

— Tu aurais pu changer d'avis entre-temps.

— Aucun risque.

Luigi ne répondit pas. S'emparant des bagages, il les porta jusqu'à la voiture.

En le voyant refermer le coffre, Megan eut envie de lui crier qu'elle ne voulait plus partir. Car elle avait la certitude, tout à coup, que ce départ allait bouleverser sa vie.

2.

Ils avaient quitté la capitale et roulaient à travers la campagne du Sussex. Bientôt, Luigi stoppa devant un haut portail et actionna une télécommande. Les portes imposantes s'ouvrirent et la voiture remonta une allée sinueuse jusqu'à un grand manoir de pierre grise, flanqué de deux ailes. Une majestueuse colonnade ornait le perron.

Megan ravala son souffle.

— Tu habites vraiment *ici* ? demanda-t-elle avec incrédulité.

— Impressionnée ?

— Ce n'est pas ce que j'imaginais, c'est tout. Un peu trop grand pour un homme seul, non ? A moins, bien sûr, que tu n'habites pas seul ?

Ses pensées s'orientèrent vers Serena, l'assistante de son mari. Travaillait-elle encore pour lui ? Occupait-elle une place dans sa vie privée de façon permanente, à présent ? Autrefois, il ne tarissait pas d'éloges sur sa belle collaboratrice, si bien que Megan avait fini par avoir des soupçons sur sa fidélité. Surtout quand ses journées de travail se prolongeaient jusque tard dans la nuit. Mais Luigi avait nié en bloc ses allégations.

— Je vis seul. Pour l'instant, dit-il en lui jetant un regard lourd de sens.

Megan l'ignora délibérément et sortit de la voiture, avant de libérer Charlotte du siège-auto. Comme ils approchaient tous trois de l'entrée, la lourde porte en chêne sculptée s'ouvrit sur un homme à cheveux blancs, portant une livrée de majordome.

Luigi fit les présentations.

— William, voici ma femme Megan. Et Charlotte, ma fille.

L'employé s'inclina courtoisement.

— Madame, Mademoiselle, bienvenue au manoir. Dois-je les conduire à leurs chambres, Monsieur ?

— Je m'en charge, merci, répondit Luigi. Dites à Edwina que nous sommes arrivés et qu'elle serve le thé et le café dans le salon.

Megan était abasourdie. La réussite de Luigi avait été fulgurante. Certes, il avait été ambitieux, mais de là à s'offrir les Galeries Gerards et ce manoir en l'espace de quatre ans… Que comptait-il acquérir, à présent ? Un club de football ? Un yacht ? D'autres résidences dans des endroits exotiques ? Peut-être possédait-il déjà tous ces biens, pour ce qu'elle en savait. Ce n'était absolument pas le genre de vie dont elle rêvait. Charlotte et elle étaient heureuses dans leur petite maison en location et elle ressentait une profonde satisfaction à boucler son budget, à effectuer elle-même les tâches domestiques et à offrir à sa fille une vie simple et tranquille.

Cette grande demeure lui faisait plus l'effet d'un monument prestigieux que d'un véritable chez-soi. L'immense hall d'entrée rutilait, comme le grand escalier qu'ils gravissaient à présent. Tout était parfaitement ordonné. Des statues de marbre étaient nichées dans des alcôves, et des tableaux anciens — des originaux, sans doute — ornaient les murs.

Luigi les guida à travers de longs couloirs en enfilade pour s'arrêter enfin dans une des ailes. Poussant une porte, il invita Megan à le précéder.

La jeune femme pénétra dans une chambre tapissée

de bleu. Au centre trônait un lit à baldaquin aux draperies bleutées ; il y avait aussi deux fauteuils en damassé beige, et des rideaux bleu et crème encadraient les hautes fenêtres. L'ensemble était très élégant, reconnut-elle.

Luigi semblait attendre son avis. Voyant qu'elle se taisait, il ouvrit une porte de communication, révélant une chambre d'enfant remplie d'une multitude de jouets.

Les yeux de Charlotte s'agrandirent démesurément.

— C'est pour moi ? demanda-t-elle, émerveillée.

— Oui, c'est ta chambre, répondit Luigi. Pour aussi longtemps que tu le voudras.

— Comment oses-tu lui faire ça ? souffla Megan dès que Charlotte fut partie admirer les jouets. C'est presque du chantage ! Je n'ai pas changé d'avis, tu sais. Dès que Noël sera passé, nous rentrerons à Greenwich.

— Nous verrons, dit-il en esquissant un sourire entendu.

Oh ! elle avait envie de le tuer ! Bien entendu, elle ne ferait jamais une chose aussi violente, mais il devait bien y avoir un moyen de l'amener à faire marche arrière.

— Je parle sérieusement, Luigi, insista-t-elle.

— Moi aussi. Je ne vois pas ce qui te retient de venir vivre ici.

— Je ne t'aime plus.

Il prit un air soupçonneux.

— Il y a quelqu'un d'autre ?

Pour quelle raison devrait-elle lui avouer qu'elle n'avait eu aucun homme dans sa vie depuis le jour où elle l'avait quitté ? Il ne méritait pas de le savoir.

— Ça se pourrait, dit-elle, énigmatique.

— Tu as quelqu'un, oui ou non ? demanda-t-il en la prenant soudain par les épaules. Parce que si c'est le cas je t'enlève Charlotte. Je ne laisserai pas un autre homme élever mon enfant !

— Lâche-moi ! lança Megan, choquée par sa brutalité. Ce que je fais de ma vie privée ne te concerne plus. Je m'occupe très bien de Charlotte, et c'est tout ce que tu as besoin de savoir.

— Elle a besoin de son *vrai* père, affirma-t-il. Si cela ne te convient pas, eh bien va-t'en ! Mais Charlotte reste.

Ces paroles rendirent Megan folle de colère. Un éclair rouge barra sa vision et elle se mit à tambouriner son torse de ses poings.

— Espèce de mufle !

Sans broncher, Luigi l'enveloppa de ses bras et la retint contre lui.

Contre toute attente, Megan ressentit un frémissement de tous ses sens. Grands dieux ! C'était bien la dernière chose qu'elle souhaitait. Ce devait être la fureur qui fusait dans tous ses nerfs. Quoi d'autre ?

Elle se dégagea de son étreinte et le fixa d'un œil glacial.

— Tu es un salaud, Luigi Costanzo ! Quand je pense que je me suis laissé conduire ici sous la menace…

— Tiens donc ! Demande à ta fille si elle s'est sentie menacée. En revanche, on voit qu'elle a été privée. Pourquoi aurait-elle demandé un papa pour Noël, sinon ? Ce que tu lui as infligé est ignoble. Et toutes ces années que j'ai perdues, moi aussi. Mais j'ai bien l'intention de me rattraper, même si tu ne veux pas rester ici.

Une vague d'angoisse submergea Megan, qui aspira l'air avec difficulté. Il avait certainement le pouvoir de mettre sa menace à exécution. Ce qui ne lui laissait pas d'autre alternative que… *d'emménager chez lui*, se dit-elle, horrifiée.

Pour autant, et même si Luigi la tenait à sa merci, elle n'était pas prête à lui faciliter la tâche. Elle s'opposerait à lui par tous les moyens, décida-t-elle en se ressaisissant.

— As-tu seulement pensé à Charlotte ? le défia-t-elle. Elle n'a peut-être pas envie de rester ici. Après tout, on ne peut pas dire que ton manoir soit accueillant.

Il eut l'air surpris.

— Tu n'aimes pas cette maison ?

Megan haussa les épaules avec mépris.

— Tout ce luxe ostentatoire ne sert qu'à étaler ta richesse et ton style de vie. Ça ne donne pas l'impression de bonheur, de confort…

— Je n'ai pas le temps de profiter du confort.

— Dommage, parce que c'est justement ce que ta fille attend. Que tu lui donnes de ton temps. Comment pourrais-tu lui en consacrer si tu es occupé à gagner tes millions ?

— Je pourrais trouver des solutions.

— Ça ne marchera pas, Luigi, et tu le sais. Quand Charlotte demandait un papa, elle entendait par là un père à temps plein, pas quelqu'un qui essaierait de la caser dans son précieux emploi du temps !

Le regard de Luigi étincela, mais l'apparition de Charlotte l'empêcha de répondre.

— Maman ! Viens voir mes jouets.

Megan entra et contempla avec consternation la montagne de jouets. Quelle folie ! Pensait-il que la gâter de la sorte compenserait les années d'absence ? Il n'avait décidément aucune idée de ce qu'un enfant pouvait désirer.

— N'as-tu pas parlé de prendre le thé ? lui demanda-t-elle, soucieuse de quitter au plus vite cette chambre surchargée.

— Tu ne préfères pas défaire tes bagages avant ? suggéra-t-il. Ou dois-je appeler… ?

— Non, je le ferai moi-même, merci.

Qui avait-il eu l'intention d'appeler pour ça ? se demanda-t-elle. William ? La cuisinière ? Il semblait avoir une armée de domestiques à sa disposition, prêts à le servir. Etait-il vraiment heureux de mener ce train de vie ?

Megan ouvrit la première valise. Il ne lui fallut que quelques minutes pour ranger ses vêtements et ceux de

Charlotte. Quant à l'autre, celle qui contenait les cadeaux, elle la laissa fermée et la plaça au fond de l'armoire.

Quand elle releva les yeux, elle constata que Luigi se tenait à la même place. Un père digne de ce nom aurait joué avec sa fille. Pas lui. Il se contentait de l'observer, parce qu'il ne savait pas jouer. Voilà ce qui arrivait quand on se complaisait dans un monde où l'argent dominait tout ! se dit-elle en soupirant.

Ils redescendirent tous trois et Luigi leur montra le salon. Megan remarqua les tapis bleus et les vitrines remplies de belles pièces de porcelaine. Il y avait deux fauteuils droits et un sofa, ainsi qu'une petite table de bois de rose où étaient disposées de jolies tasses et une assiette de petits fours.

Comme elle s'y attendait, Charlotte mangea la plupart des biscuits et demanda poliment un verre de Coca.

Megan ne put s'empêcher de sourire intérieurement en voyant l'embarras de Luigi. Il dut admettre qu'il n'avait pas de Coca et Charlotte se contenta d'une tasse de lait.

— Pas grave, dit Charlotte. On va aller faire les courses. Maman et moi, on va à l'épicerie quand il manque quelque chose.

— C'est que… je dois retourner travailler, annonça son père.

Comme d'habitude ! pensa Megan avec lassitude. Décidément, rien n'avait changé.

Elle se sentit soulagée après son départ. Charlotte et elle pouvaient maintenant explorer le manoir à leur aise. La fillette courait d'une pièce à l'autre, émerveillée par l'immensité des lieux. Pour sa part, Megan était loin d'être ravie.

Il devait se sentir perdu dans cet intérieur démesuré et pompeux ! Et comment imaginer Charlotte heureuse ici ? Il n'y avait pas une seule guirlande de Noël. Pourquoi les avoir invitées s'il n'avait pas l'intention de fêter l'occasion ?

Elle n'attendait pas le retour de Luigi avant plusieurs heures. Aussi fut-elle surprise en le voyant arriver au beau milieu de l'après-midi, chargé d'un immense sapin.

Charlotte se mit à pousser des cris de joie et tous trois passèrent les deux heures suivantes à décorer l'arbre de Noël avec les décorations qu'il avait également achetées.

Megan ne put s'empêcher de penser au tout premier Noël qu'ils avaient fêté ensemble alors qu'ils étaient jeunes mariés et très amoureux. Luigi avait rapporté un sapin, comme aujourd'hui, et ils avaient mis un temps fou à le décorer, car chaque fois qu'elle se hissait sur la pointe des pieds pour accrocher un sujet, il glissait ses bras autour d'elle pour l'embrasser. Les années suivantes, Luigi rentrait si tard du travail la veille de Noël que Megan se chargeait seule des décorations. La magie s'était envolée.

— Maman, regarde comme il est beau !

Juchée sur les épaules de son père, Charlotte venait de placer l'étoile au sommet de l'arbre.

— Oui, c'est magnifique, ma chérie.

— Quand est-ce qu'il vient, le Père Noël ?

— Cette nuit, quand tu seras au lit.

— Il va m'apporter mes cadeaux ici ? demanda la petite fille, vaguement inquiète.

— Bien sûr, parce que c'est un magicien. Il sait où tous les enfants habitent.

— Youpi !

Luigi déposa sa fille à terre et, ce faisant, son regard croisa celui de Megan. Etait-ce l'euphorie de l'instant ou le souvenir de leur premier Noël ensemble ? Toujours est-il qu'une violente émotion la saisit tout entière.

Troublée, elle se détourna. Eh bien, c'était un avertissement à la prudence, se dit-elle. Car, si elle n'avait pas du tout l'intention de s'impliquer avec Luigi, elle avait maintenant pleinement conscience du danger de la situation.

*
* *

Luigi avait ressenti une bouffée de plaisir et d'émotion quand il avait porté sa fille sur ses épaules. C'était un sentiment qu'il n'avait jamais connu. Il n'était pas loin de considérer ce petit être qu'il avait conçu, l'enfant de sa chair, comme un miracle et il savait qu'il ne voudrait jamais plus en être séparé. A l'inverse de ses propres parents, son père italien et sa mère anglaise, qui ne l'avaient pas désiré et qui l'avaient négligé pour mener joyeuse vie.

A l'âge de huit ans, on l'avait retiré de chez lui pour le placer en famille d'accueil. Mais jugé trop turbulent il avait ensuite changé de foyers à de nombreuses reprises. La rage au cœur, il avait fugué chaque fois, sans avoir jamais reçu d'amour.

Ce passé douloureux avait fait de lui l'homme endurci qu'il était. Déterminé à prendre sa revanche sur la vie, il avait voulu réussir à tout prix. Réfractaire aux études mais doté d'une brillante intelligence, il avait quitté le lycée à seize ans pour travailler dans une entreprise spécialisée en informatique, avec l'ambition de devenir millionnaire avant ses trente ans. Un pari qu'il avait gagné haut la main. L'argent lui donnait la sécurité qu'il n'avait jamais connue et ce manoir était la plus belle récompense de ses efforts. Il était froissé de voir que Megan ne s'y plaisait pas. Il s'était attendu à ce qu'elle soit impressionnée par sa réussite. En fait, il avait compté là-dessus pour la décider à s'installer définitivement chez lui.

Le babillage de Charlotte interrompit le cours de ses réflexions.

— Maman, tu crois que le Père Noël va m'apporter quelque chose en plus d'un papa ?

— Bien sûr, mon cœur, répondit Megan en prenant sa fille dans ses bras pour la câliner.

Voyant cela, Luigi ressentit une incommensurable

tristesse. Il n'avait jamais connu la tendresse des bras maternels. Pour sa mère, il n'avait été qu'un enfant insupportable qu'il fallait nourrir, habiller et punir et qu'elle avait préféré laisser seul la plupart du temps.

— Je pense qu'il va t'en apporter plein, dit-il à Charlotte en souriant.

Le regard sévère que Megan lui adressa le blessa. Qu'espérait-elle ? Qu'il n'offre rien à sa fille à Noël, parce qu'il avait déjà rempli sa chambre de jouets ? Mais ceux-là ne comptaient pas ; il les avait juste disposés là pour qu'elle se sente un peu chez elle. Demain, Charlotte serait la plus heureuse des petites filles.

Megan aussi serait contente, car il n'avait pas l'intention de la tenir à l'écart, même si elle lui avait caché l'existence de sa fille. Comment avait-elle pu lui faire ça ?

Maîtrisant sa colère, il repensa à l'explication qu'elle lui avait fournie : c'était, prétendait-elle, à cause de ses longues heures de travail qu'elle l'avait quitté. Disait-elle la vérité ? N'était-ce pas plutôt pour un autre homme qu'elle était partie ? Avait-elle toujours quelqu'un ?

Il serra les dents à cette hypothèse. Il fallait qu'il lui parle. Et vite !

L'occasion se présenta une fois que Charlotte fut couchée. Auparavant, il avait regardé Megan lui donner son bain. Il s'était tenu en retrait, s'émerveillant du lien qui existait entre la mère et l'enfant. Lui aussi voulait établir un lien avec sa fille et il se jura que, quitte à user de chantage, Megan et Charlotte feraient désormais partie de sa vie.

Le fait qu'ils étaient toujours mariés devait faciliter les choses, se dit-il. Pourquoi Megan n'avait-elle pas demandé le divorce ? Mystère. Pour sa part, il n'avait rencontré aucune autre femme qu'il ait eu envie d'épouser, même si les candidates n'avaient pas manqué. Mais il ignorait tout du parcours sentimental de Megan.

— Elle s'est enfin endormie, dit-elle en le rejoignant sur

le seuil de la chambre. Elle était particulièrement excitée aujourd'hui. Dormir dans une maison qu'elle ne connaît pas et se demander ce que le Père Noël va lui apporter, cela fait beaucoup d'émotions pour une petite fille.

— Et pour sa mère ? Ce ne sera pas difficile de dormir dans une maison qu'elle n'aime pas ? demanda-t-il sans pouvoir dissimuler son amertume.

— Ça m'étonnerait que je dorme beaucoup. Je préférerais me trouver n'importe où plutôt qu'ici, si tu veux le savoir !

Luigi accusa le coup. Bah, elle finirait bien par se plaire chez lui, ce n'était qu'une question de temps. Charlotte semblait plutôt heureuse de la situation. Elle le serait beaucoup moins si sa mère ne restait pas, il en était conscient. Voilà pourquoi il était impératif de persuader Megan d'emménager définitivement au manoir.

Il lui montrerait ce qu'elle perdrait à retourner dans sa petite maison étriquée. Celle-ci était bien arrangée, certes, mais elle comprendrait vite que Charlotte serait beaucoup mieux au manoir. Il y avait le parc, sans compter le bois, le court de tennis, la piscine, l'étang... L'endroit était idéal pour un enfant. Il possédait même des écuries, vides pour l'instant, mais si Charlotte voulait un poney, il se ferait un plaisir de lui en offrir un.

— Il est trop tôt pour juger si tu seras heureuse ici, dit-il. Quand tu...

— Ce n'est pas seulement cette maison, coupa-t-elle, même si je la trouve trop tape-à-l'œil. C'est *toi*, Luigi. Tu es obsédé par l'argent et tu penses que tu peux acheter le bonheur. Mais laisse-moi te dire une chose : on peut être heureux dans une infâme masure du moment qu'on se trouve avec la personne qui vous convient.

— Et tu l'as trouvée ? s'enquit-il du tac au tac.

— Je parlais de façon générale.

Elle dardait sur lui son superbe regard gris et Luigi ne

put s'empêcher de penser combien elle était belle ainsi, le teint encore coloré d'avoir donné le bain à Charlotte, et ses cheveux blonds légèrement ébouriffés. Il avait été vraiment stupide de ne pas avoir poursuivi ses recherches pour la retrouver.

Fou de désir, il eut envie de l'attirer dans ses bras et de l'embrasser pour lui prouver que leur amour n'était pas mort, qu'il s'était simplement… égaré.

— Il y a quelqu'un d'autre, n'est-ce pas ? Je le sais, parce que tu n'as pas nié, tout à l'heure. Et parce que je l'ai vu.

Megan sursauta.

— Pardon ?

— Viens, allons-nous asseoir pour discuter.

Il l'entraîna au rez-de-chaussée et l'introduisit dans une petite pièce lambrissée. Des bûches flambaient gaiement dans la cheminée. Aux fenêtres, des tentures de velours rouge étaient fermées sur le soir d'hiver. Çà et là, des lampes jetaient un éclat doré sur les meubles anciens.

Il vit Megan regarder autour d'elle d'un œil approbateur.

— Bienvenue dans mon antre, dit-il en souriant. C'est…

— La plus petite des pièces de cette maison, n'est-ce pas ? devina Megan. Ça prouve bien que tu n'as pas besoin de tout un manoir. Les salles de réception sont trop impersonnelles et on ne peut pas s'y détendre. Personnellement, j'ai l'impression de me trouver dans un monument historique ouvert au public, déclara-t-elle en s'asseyant au bord d'un fauteuil.

— C'est pour ça que tu es heureuse dans ta maison de Greenwich ? demanda-t-il en se laissant tomber dans le fauteuil en face d'elle.

— Tout à fait.

— Si tu vis là-bas, n'est-ce pas plutôt parce que tu ne peux pas t'offrir quelque chose de plus grand ?

Megan prit une expression agacée.

— Tu vois, tu recommences ! Il faut que tu ramènes tout à l'argent. Si tu savais comme je m'en moque …

— Tu es vraiment une femme à part, Megan.

— Parce que toutes celles que tu as rencontrées en dehors de moi étaient plus intéressées par ton compte en banque que par toi ?

Oui, c'était exactement ça. Jamais il n'avait mieux mesuré l'audace des femmes à son égard que depuis qu'il était riche. En un sens, cela lui plaisait que Megan fût différente.

— Tu as beau dire, ça te faciliterait la vie si tu venais habiter ici, déclara-t-il en s'efforçant d'être le plus diplomate possible.

En réalité, il avait envie de la secouer. Pourquoi se montrait-elle aussi têtue ? Il n'avait pas remarqué ce défaut chez elle, aux premiers temps de leur mariage.

— Non, certainement pas, répliqua-t-elle comme pour le conforter dans cette opinion.

A l'éclat féroce de son regard, Luigi comprit que, pour elle, vivre avec lui représentait une expérience détestable. Ce constat le blessa.

— Tu n'aurais plus besoin de travailler, fit-il valoir. C'est le rêve de toutes les femmes, non ?

— Je reconnais que ce serait bien de ne pas avoir à me séparer de Charlotte, concéda Megan. D'un autre côté, elle aime jouer avec les autres enfants de la garderie. Et bientôt, elle ira à l'école.

— Et si elle tombe malade ? Est-ce que tu peux prendre un congé ? Est-ce que ton patron se montre compréhensif ? Admets-le, Megan, tu aurais plus d'avantages à quitter ton emploi et à venir habiter ici. Ah… j'oubliais le fameux petit ami. C'est lui qui te retient ?

— Donc, tu m'as espionnée ? Mon Dieu ! Jusqu'où t'abaisseras-tu ? jeta-t-elle avec mépris.

Luigi ne trouvait pas son attitude si déshonorante. Il

avait voulu voir où elle habitait et le genre de vie qu'elle menait. En quoi était-ce condamnable ?

— Je suis venu rôder à quelques reprises, avoua-t-il. Mais pas dans l'intention de t'espionner. J'espérais te voir et t'aborder. J'aurais préféré que ça se passe de cette façon au lieu de sonner à ta porte et de te causer la surprise de ta vie.

— La *frayeur* de ma vie, tu veux dire.

— Si tu le dis ! Maintenant, parle-moi de cet homme. Il ne t'a pas proposé de t'épouser, sinon tu aurais demandé le divorce. Que représente-t-il pour toi ? Depuis combien de temps le vois-tu ? A-t-il une bonne situation ?

— Ça ne te regarde pas, répondit Megan d'une voix tendue.

— Au contraire, ça me concerne au premier chef, puisque tu es ma femme.

— Sur le papier seulement. Il y a longtemps que notre mariage n'existe plus.

— Pourquoi n'as-tu pas entamé une procédure de divorce dans ce cas ? la défia-t-il.

Megan haussa les épaules.

— Je n'ai jamais trouvé le temps de m'en occuper.

— Est-ce parce que tu espérais secrètement que nous reviendrions ensemble ?

— C'est faux et tu le sais. Je ne reviendrai pas avec toi. Jamais, tu m'entends ? Alors, autant entamer la procédure le plus tôt possible. Dès que Noël sera passé.

Luigi la fixa, médusé.

— Divorcer maintenant ? Quand nous venons à peine de nous retrouver ?

En dépit de la chaleur du feu de cheminée, il sentit un grand froid l'envahir. C'était bien la dernière chose à laquelle il s'était attendu. Elle n'aurait pu lui offrir cadeau plus cruel.

— Nous ne sommes pas compatibles, toi et moi, assura Megan. Nous poursuivons des buts différents.

— Mon but, c'est Charlotte.

Autant qu'elle le sache, il ne transigerait pas sur ce point, pensa Luigi. Il ne laisserait pas partir son enfant. Charlotte représentait bien plus pour lui que tout l'argent qu'il gagnait. Cette pensée le surprit, car jusque-là l'état de son compte en banque avait toujours été sa priorité. Eh bien, plus maintenant.

— Charlotte ne restera pas sans moi, l'avertit Megan. Et comme je n'ai pas…

— Je ne te laisse pas le choix, coupa-t-il avec irritation. Tu resteras ici, que tu le veuilles ou non.

3.

— Tu oserais me retenir ici contre mon gré ? s'exclama Megan, suffoquée.

— Parfaitement. Et si tu essaies de me défier ou de t'enfuir, je te traîne au tribunal pour m'avoir caché l'existence de ma fille pendant toutes ces années ! Tu ne pourras pas t'en tirer comme ça.

Une vague de panique assaillit Megan. Avait-il le droit d'agir ainsi ? Est-ce que les tribunaux lui donneraient raison ? Elle ne pouvait se permettre de prendre ce risque. Mais alors… la situation était réellement bloquée pour elle !

Sans force, elle s'adossa au fauteuil.

— Je n'arrive pas à croire que tu puisses me faire ça, dit-elle d'une voix sans timbre.

— Après ce que tu m'as fait, je dirais que c'est mérité, rétorqua-t-il d'un ton dur. Tu en as pris assez à ton aise, et pendant trop longtemps.

— Et si Charlotte ne t'aime pas ? Quand elle aura vu quel genre de père tu es, un père continuellement absent, elle ne te le pardonnera pas.

— Je passerai plus de temps ici.

Ses yeux sombres la transperçaient jusqu'à l'âme. Un cercle noir entourait ses iris, donnant à son regard une profondeur fascinante. Et lui, que lisait-il en elle ? Le doute, la détresse, la crainte.

Cependant, Megan ne s'avouait pas vaincue.

— Peut-être pendant un moment, mais très vite tu reprendras tes habitudes. Je te connais, tu seras incapable de passer tes soirées et tes week-ends avec ta femme et ton enfant. Tu n'auras qu'une hâte, c'est de retourner à ton précieux travail, d'aller vérifier que tout se déroule normalement en ton absence, parce que tu ne sais pas déléguer. Et parce que tu ne sais pas jouer avec Charlotte !

— Je saurais m'y prendre si tu m'avais laissé une chance, l'accusa Luigi. C'est toi qui es injuste dans cette histoire.

— Ça, c'est la meilleure ! Tu viens d'affirmer que tu allais nous séquestrer ici, mais c'est moi qui suis injuste ?

Il se leva d'un bond.

— Une fois Noël passé, tu t'apercevras que j'ai raison. En attendant, il est l'heure de dîner. Viens, ne faisons pas attendre la cuisinière.

— Je n'ai pas faim.

— Tu auras de l'appétit quand tu verras les délices qu'Edwina a concoctés. C'est un vrai cordon-bleu.

Megan le suivit de mauvaise grâce dans la plus petite des deux salles à manger, où une belle table en noyer était dressée pour deux. Elle remarqua les branches de houx sur la nappe, les serviettes rouges dans leurs ronds dorés. Le décor était festif. Luigi faisait-il des efforts ? D'habitude, à cette heure, il n'était pas rentré. Il mangeait en ville ou se contentait d'un sandwich sur le pouce et ne quittait son bureau que vers minuit.

William fit le service et Megan se rendit compte avec surprise qu'elle avait faim, finalement. L'entrée était une salade verte aux mangues et au homard, une association surprenante qu'elle trouva succulente.

— Ta cuisinière est toujours aussi inventive ? demanda-t-elle à Luigi.

— Toujours. Edwina me pousse même à organiser des réceptions rien que pour dévoiler ses talents.

— C'est ce que tu fais ?

Ce disant, Megan essuya délicatement ses lèvres du coin de sa serviette, un geste qui n'échappa pas à Luigi. La façon dont il fixait sa bouche rappela à Megan certains souvenirs de leur lune de miel, comme ce bol de fraises qu'ils avaient partagé. Luigi avait trempé chaque fruit dans la crème fouettée avant de le placer entre ses dents, l'invitant à se pencher pour le croquer. Ensuite, il avait léché le reste de crème qu'elle avait sur les lèvres. Un jeu terriblement érotique…

Elle secoua la tête pour chasser ces images. C'était dangereux de se complaire dans le passé. De toute façon, ces intermèdes sensuels n'avaient pas eu lieu très souvent ; une fois de retour chez eux, à Mickleover, Luigi avait été happé par son travail.

Le dîner fut d'une telle qualité que Megan se demanda ce qui l'attendait le jour de Noël. Ses propres compétences culinaires se limitaient à une cuisine simple. Elle veillait à ce que Charlotte ait une alimentation équilibrée, mais elle ne se lançait pas dans des menus aussi recherchés.

— Edwina est une perle, reconnut-elle.

Luigi acquiesça.

— Où mets-tu les cadeaux de Charlotte d'ordinaire ? s'enquit-il.

— Ceux du Père Noël dans une grande chaussette accrochée à la cheminée, et j'en ajoute deux ou trois sous le sapin de ma part.

— Alors, nous ferions bien de nous y mettre.

Megan fronça les sourcils de surprise.

— Il est trop tôt. Imagine qu'elle se réveille et qu'elle descende l'escalier ?

— Bah, nous entendrons le baby-phone ! J'ai pris cette

précaution, car la maison est grande. Nous ne voulons pas qu'elle se perde ou qu'elle ait peur, n'est-ce pas ?

Nous… Comme s'il s'était déjà persuadé qu'ils étaient de nouveau ensemble, nota Megan, mal à l'aise. Tout compte fait, c'était peut-être une bonne idée de déposer les cadeaux maintenant. Au moins, elle pourrait se coucher tôt et lui échapper quelques heures. Elle n'avait aucune hâte d'être au lendemain. Dommage, regretta-t-elle. C'était normalement le plus beau moment de l'année pour Charlotte et elle.

Ce n'était pas si facile de s'éloigner de Luigi, Megan s'en rendit compte très vite. Une fois les cadeaux en place — elle nota avec satisfaction qu'il n'en avait qu'un seul — il l'invita à prendre un dernier verre. Megan ne se sentait pas d'humeur, mais il insista, et elle sut qu'il ne la lâcherait pas tant qu'elle n'aurait pas accepté son offre.

Ils se rendirent dans la petite pièce lambrissée qu'il appelait son antre et s'installèrent dans les fauteuils. Les lumières tamisées, le feu de cheminée… Elle n'aurait jamais pensé que Luigi fût du genre à apprécier ce confort à l'ancienne, mais c'était agréable et elle ne put s'empêcher de se demander quel tournant leur vie aurait pris si elle ne l'avait pas quitté. Serait-il dans la même situation qu'aujourd'hui ou serait-il devenu un père aimant qui aurait passé plus de temps avec sa famille ? Elle ne le saurait jamais et, bizarrement, elle ressentit une petite pointe de regret de ne pas avoir attendu de le découvrir.

— Me l'aurais-tu dit un jour ? demanda-t-il, les yeux rivés sur elle par-dessus son verre de scotch.

— A propos de Charlotte ?

Il acquiesça d'un signe de tête.

Megan choisit de répondre avec sincérité.

— Je n'en sais rien. Peut-être quand Charlotte aurait commencé à poser des questions à ton sujet. Tu sais, pas simplement, « Pourquoi je n'ai pas de papa ? »

— Eh bien, je peux remercier ma bonne étoile de m'être trouvé au bon endroit, au bon moment ! J'aurais pu attendre très longtemps avant de connaître ma fille.

Puis changeant tout à coup de sujet, il ajouta :

— Tu es plus belle que jamais. La maternité te va à ravir.

— La flatterie ne te mènera nulle part, Luigi, répondit-elle d'un ton aigre.

Il esquissa un sourire doux.

— Ça n'a rien à voir avec la flatterie, c'est la pure vérité.

Megan détourna les yeux et regarda le feu.

— Te serais-tu donné tout ce mal si nous n'étions pas venues ? demanda-t-elle pour orienter la conversation sur un terrain plus neutre. Je parle du sapin et des feux de cheminée.

— Sincèrement, non. A quoi bon ? Mais cela promet d'être le plus beau Noël que j'aie jamais eu. Pour toi aussi, j'espère.

— Je suis là pour rendre Charlotte heureuse.

— Tu me rends heureux aussi.

Sa voix prenait des intonations rauques qui résonnaient jusqu'au fond d'elle-même. Troublée, Megan avala de longues gorgées de la vodka-orange qu'il lui avait préparée.

Grave erreur. L'alcool lui monta aussitôt à la tête.

— Je ne te voyais pas comme un homme en pantoufles au coin du feu, dit-elle d'un ton dégagé.

— Alors, comment me voyais-tu ? s'enquit-il langoureusement.

Son regard la réchauffait, songea Megan en sentant une douce chaleur l'envahir. A moins que ce ne soit le feu ? Ou l'alcool ?

— Comme un homme d'affaires intransigeant accro au travail. Qu'est-ce qui t'a poussé à acheter les Galeries Gerards ? Je croyais que tu étais spécialisé dans l'informatique.

— C'est toujours le cas. En fait, je touche à tout. Mais je te parlerai de ça un autre jour. Pour l'instant, j'aimerais qu'on parle de toi. Pourquoi ne m'as-tu pas dit que tu n'étais pas heureuse au lieu de partir sans un mot ?

— Parce que je savais que tu me retiendrais, répondit Megan. Tu m'aurais probablement juré que tu changerais, mais j'étais sûre que non. Et j'avais raison, n'est-ce pas ?

— Nul ne le saura jamais, laissa-t-il tomber d'un air sombre. J'ai manqué les trois premières années de ma fille, c'est dur à encaisser. Jamais je ne te pardonnerai ça.

Sur quoi, il avala d'un trait le contenu de son verre.

Megan reposa le sien sur la table basse.

— Il est tard. Je vais me coucher.

Elle se leva. Luigi l'imita et, avant qu'elle pût l'en empêcher, il la prit dans ses bras.

— Tu es toujours ma femme, et la mère de ma fille, déclara-t-il. J'aimerais au moins qu'on s'embrasse pour se souhaiter bonne nuit.

Megan se débattit mais, au lieu de la relâcher, Luigi captura sa bouche.

Ce fut un baiser dur, destiné à la punir. Malgré sa rancœur, Megan chancela sous la force de son étreinte. Quand Luigi la serra plus étroitement pour approfondir son baiser, elle sentit son propre corps la trahir au lieu de résister. Comme la première fois qu'elle l'avait rencontré…

Elle se souvenait très bien de ce jour-là. Ce beau jeune homme brun, au physique méditerranéen, s'était arrêté pour ramasser un sac qu'elle avait laissé tomber sur le trottoir. Par une curieuse ironie du sort, c'était à la période de Noël et elle avait les bras chargés de paquets. Comme elle se tournait vers lui pour le remercier, elle avait été saisie par ses traits séduisants et avait lâché ses autres sacs.

— Il vaudrait mieux que je vous accompagne jusqu'à votre voiture, avait-il dit avec un sourire dévastateur.

— Ce sont tous mes achats de Noël, avait avoué Megan sur un ton d'excuse. Et je prends le bus.

— J'ai bien peur que non. Sauf si vous tenez à tout perdre en montant ou en descendant. Je vais vous reconduire chez vous. Ma voiture est garée juste au coin.

— Attendez… Je ne vous connais pas.

— Vous ne craignez rien, je vous assure. Je m'appelle Luigi Costanzo et j'habite à Mickleover, près de Derby.

Il lui avait montré sa carte de visite qu'il avait glissée ensuite dans l'un des sacs qu'elle tenait tant bien que mal. Et d'emblée Megan avait eu envie de lui faire confiance. Il avait un visage avenant qui exprimait la franchise. Et ne passait-il pas pratiquement devant la maison de ses parents pour rentrer chez lui ? Elle aurait été stupide de refuser.

Malgré tout, elle avait hésité.

— Je sais ce que vous pensez, avait-il ajouté. Un parfait inconnu, on ne sait jamais… C'est à vous de décider. Je vous accompagne à l'arrêt du bus, si c'est ce que vous préférez.

Megan avait dix-huit ans. Ce Luigi Costanzo était plus âgé que les garçons qu'elle avait l'habitude de côtoyer — vingt-cinq ans, peut-être plus — et elle était littéralement tombée sous son charme. Elle avait accepté son offre.

Il avait une voiture rutilante et très confortable et elle en avait déduit qu'il gagnait bien sa vie. Il s'était arrêté devant chez elle et l'avait même aidée à porter ses sacs jusqu'à la porte. Ses parents avaient été très surpris de la voir arriver avec ce bel inconnu. Avant de partir, Luigi lui avait demandé s'il pouvait la revoir. Aux anges, Megan avait été été incapable de refuser.

Et, en cet instant, elle se sentait fondre comme ce jour-là, constata-t-elle en revenant au présent. Son baiser réveillait en elle toutes les sensations d'autrefois et elle avait horreur de ça. Elle se débattit plus furieusement jusqu'à ce que Luigi consente enfin à la relâcher.

— Quelque chose me dit que les émotions d'hier ne sont pas mortes en toi, fit-il remarquer avec un demi-sourire. Tu n'es pas aussi insensible que tu veux me le faire croire.

— Tu prends tes désirs pour des réalités ! répliqua-t-elle en lui décochant un regard glacial.

— Mmh… C'est ce que nous verrons.

Megan sentit son ventre se nouer. La façon dont il proféra ces derniers mots sous-entendait qu'il recommencerait à l'embrasser. Oh non, pas ça… Bon sang ! Comment avait-elle pu répondre à son baiser après toutes ces années ? Ce n'est pas comme si elle voulait s'impliquer avec lui. Aucune chance !

— Bonne nuit ! lança-t-elle, furieuse.

Sur quoi, elle se rua hors de la pièce et monta l'escalier aussi vite qu'elle put. Quand enfin elle eut refermé la porte de sa chambre, elle s'appuya contre le battant pour reprendre son souffle. Elle était encore sous le choc de son étreinte. Elle s'était crue remise de leur histoire et c'était effrayant de constater que son désir resurgissait après tout ce temps.

Bah, ce n'était peut-être pas du désir ! Juste un élan de passion primitive, parce qu'elle n'avait connu aucun homme depuis Luigi. Sa nature passionnée prenait le dessus, voilà tout.

Avec précaution, elle entrebâilla la porte de communication pour voir si Charlotte dormait. Sa fille était profondément endormie, un léger sourire aux lèvres, comme si elle rêvait de quelque chose d'agréable. Du Père Noël, sans doute. Ou de son père.

Megan grimaça. Pourvu que Charlotte ne s'attache pas trop à lui ! Car malgré les menaces de Luigi, elle n'avait pas l'intention de s'éterniser ici.

Oui, il l'avait carrément menacée. Le jour où elle l'avait rencontré, elle avait été loin de se douter que ça finirait comme ça. Il s'était montré si prévenant, si gentil que ses parents l'avaient aussitôt adopté. Ils s'étaient revus les jours suivants et une belle histoire avait commencé. Six mois plus tard, ils étaient mariés.

Toutes ses amies l'avaient enviée, se souvint Megan. Malheureusement, la réalité n'avait pas été aussi rose. Luigi plaçait le travail avant tout et rien ne l'avait préparée à ça. Au début, elle était fière de ses succès professionnels. Avant de la rencontrer, il avait conçu un programme informatique qui avait été très favorablement accueilli par les spécialistes. A partir de là, Luigi n'avait fait que s'investir davantage dans de nouveaux projets. Parfois, elle avait eu le sentiment qu'il tenait plus à son travail qu'à elle. Puis il rentrait et lui faisait l'amour avec une passion incroyable, et cela compensait cent fois la longue journée qu'elle avait passée seule.

Au début, du moins. Car, au fil des mois et des années, elle s'était rendu compte qu'il ne lui montrait pas de réelle affection et elle en était venue à penser que leurs nuits d'amour n'étaient pour lui qu'une façon de satisfaire ses besoins primaires — ou de soulager sa conscience parce qu'il couchait aussi avec Serena ? En tout cas, il y avait une chose dont Megan était sûre : il ne lui avait dit « je t'aime » qu'une seule fois, le jour où il l'avait demandée en mariage.

Déçue par son attitude, elle avait commencé à se plaindre de ses longues absences, puis à se sentir égoïste car Luigi lui répondait invariablement qu'il faisait ces sacrifices pour elle. Ce n'est que quand elle s'était trouvée enceinte qu'elle avait compris que cette situation ne pouvait plus durer, que jamais elle n'élèverait un enfant au sein d'un foyer sans amour ni confiance.

Se penchant vers sa fille endormie, Megan caressa

ses cheveux blonds si doux et l'embrassa sur le front. Charlotte remua sans se réveiller.

— Bonne nuit, ma petite fée adorée. Fais toujours de jolis rêves.

Elle répétait souvent à sa fille qu'elle l'aimait. Ce que Luigi était incapable de faire, se dit-elle, parce que ce n'était pas dans sa nature d'exprimer des sentiments pour les autres. Il gardait ses émotions enchaînées dans son cœur et ne savait comment les libérer — ou plutôt n'essayait pas. Peut-être se montrait-elle injuste vis-à-vis de lui, étant donné la jeunesse difficile qu'il avait eue. Mais elle lui avait souvent montré qu'elle l'aimait, alors pourquoi ne lui avait-il pas rendu son amour ? Ce n'était quand même pas si difficile de laisser ses sentiments remonter à la surface. Mais ça l'était pour Luigi, apparemment. Et maintenant, elle avait la pénible impression qu'il tentait d'acheter l'affection de Charlotte.

Ses craintes se révélèrent fondées quand le matin de Noël, en descendant avec Charlotte, elle découvrit une immense pile de cadeaux de toutes tailles devant le sapin.

Atterrée, elle regarda Luigi avec colère. Il semblait très content de lui, le bougre !

Bien entendu, Charlotte n'eut aucun regard pour la botte de Noël que Megan avait soigneusement remplie. Elle courut tout droit vers le sapin.

— Papa, c'est pour moi, tout ça ? dit-elle, ses grands yeux bleus éblouis. Le Père Noël m'a apporté tous ces cadeaux ?

— Ceux du Père Noël sont ici, ma chérie, intervint Megan en lui prenant la main pour l'entraîner vers la cheminée. Il ne pouvait pas tout apporter sur son traîneau, tu comprends.

— Alors, c'est qui qui a mis ceux-là ?

— C'est moi, dit Luigi, un large sourire aux lèvres. Il y a des cadeaux pour toi et aussi pour ta maman.

Megan ne cacha pas son mécontentement. Bon sang ! A quoi jouait-il ? Que voulait-il prouver en agissant ainsi ?

— Charlotte, je pense que ta maman veut d'abord que tu ouvres les cadeaux du Père Noël, reprit-il.

Ça allait de soi, voyons ! pensa Megan, irritée. Ce matin, tous les petits Anglais ouvraient les cadeaux du Père Noël. Et pas parce que leurs mères en avaient décidé ainsi, mais parce que c'était la tradition !

Elle s'agenouilla auprès de Charlotte qui vidait la botte en laine rouge et déchirait avec maladresse le papier cadeau.

— Oh ! Maman, regarde ! s'exclama-t-elle.

— Qu'as-tu reçu ? demanda Luigi en s'approchant, sans pour autant se baisser pour se mettre à sa hauteur.

— Une poupée et des habits pour elle ! Et...

Megan eut la nette impression que Luigi n'était pas vraiment intéressé. Il attendait que Charlotte découvre les cadeaux qu'il lui avait offerts.

Bientôt, la petite fille revint vers le sapin et, cette fois, il s'agenouilla auprès d'elle pour guetter le plaisir sur son visage.

— Merci, papa, disait-elle en se jetant dans ses bras à chaque cadeau qu'elle dévoilait.

Il avait l'air mal à l'aise de recevoir ces marques d'affection, nota Megan. Puis aussitôt elle s'en voulut de critiquer. C'était Noël, après tout, un temps pour donner, pour partager... Cependant, elle était agacée par la quantité de jouets qu'il avait offerts à Charlotte. Tout le rayon de chez Gerards avait dû y passer ! Charlotte était une enfant équilibrée qui avait conscience qu'elle ne pouvait avoir tout ce qu'elle désirait. Comment osait-il battre en brèche les valeurs qu'elle lui avait inculquées ?

Puis ce fut son tour de découvrir les nombreux paquets qu'il lui avait réservés. A contrecœur, Megan les ouvrit, faisant de son mieux pour paraître reconnaissante, alors qu'elle avait une furieuse envie de lui jeter ses présents à la figure. Bijoux, lingerie, sacs à main, robes…

— Je ne t'ai rien acheté, annonça-t-elle, plus sèchement qu'elle n'aurait voulu.

— Aucune importance. Le fait que vous soyez ici toutes les deux me suffit.

Pour l'heure, Megan refusait de faire une scène. Mais dès qu'elle trouva un moment pour lui parler en privé elle ne mâcha pas ses mots.

— Tu n'avais pas le droit d'acheter tout ça pour Charlotte ! Ni pour moi, d'ailleurs. Est-ce que tu te rends compte de ce que tu fais ? Elle est si jeune, si impressionnable. Sans compter qu'elle va s'habituer à être gâtée de la sorte.

— Et alors ? dit-il en étendant les mains, un sourire aux lèvres.

— Ce n'est pas bon pour elle, insista Megan. Un seul cadeau aurait suffi. Elle aurait été heureuse avec.

— Mais puisque j'ai les moyens…

— Je m'en moque ! Tu as cent fois tort, Luigi. Je te préviens tout de suite, quand nous partirons d'ici, elle n'emportera pas tous ces jouets. C'était excessif de ta part et tu ne peux pas savoir à quel point ça me met hors de moi !

— Ça te rend belle aussi. Je ne t'ai jamais vraiment vue en colère quand nous vivions ensemble. J'ignorais que tes yeux pouvaient lancer des éclairs aussi brûlants et que ton teint se colorait de façon aussi exquise. Mmh… J'ai envie de t'entraîner au lit.

— Pff… Ça ne risque pas d'arriver !

— Tu ne voudrais pas donner un frère ou une sœur à Charlotte ? s'enquit-il d'un ton plus grave.

— Certainement pas avec toi !

Luigi se rembrunit.

— Ça ne sera pas non plus avec ce type qui vit avec

46

toi, la prévint-il. Dis-lui de garder ses distances. C'est à moi que tu appartiens.

— Etant donné que tu n'as rien fait pour me retrouver, je vois mal comment tu peux dire une chose pareille, répliqua Megan. Ça prouve que tu ne t'intéressais pas à moi et ça me rend d'autant plus déterminée à demander le divorce !

4.

— Pas question ! dit-il d'une voix grinçante.

Les yeux de Megan étincelèrent.

— Tu n'es qu'une brute impitoyable, égoïste et matérialiste ! Tu n'as pas une once d'humanité et je n'ai qu'une hâte : être débarrassée de toi.

— Tu vas devoir revenir sur ta décision, ma chère épouse, répondit-il avec sévérité. Nous ne partirons d'ici ni l'un ni l'autre. Ta place est auprès de moi.

— Et où était la tienne pendant nos trois années de mariage ? rétorqua-t-elle avec mépris.

Luigi laissa échapper un soupir excédé. Bon sang ! Pourquoi refusait-elle de comprendre que c'était uniquement pour elle qu'il avait travaillé sans relâche ? A présent, il fallait qu'elle revienne. Parce qu'il voulait Charlotte, et qu'il la voulait elle aussi. Il tenait à ce qu'elle partage son lit toutes les nuits.

La passion dévorante qu'ils avaient eue l'un pour l'autre lui avait manqué. Aucune femme n'avait réussi à l'exciter comme Megan. Depuis le jour où il l'avait rencontrée, il l'avait désirée. Il avait été anéanti quand elle était partie.

Pas une seconde, il n'avait pensé que c'était à cause de ses longues journées de travail. Il avait satisfait le moindre de ses désirs, lui avait fait l'amour le plus souvent possible, même quand il était mort de fatigue. Alors, disait-elle la vérité ou lui servait-elle une excuse ? Etait-elle tombée amoureuse de ce type avec lequel elle vivait ? Une seule chose le rassurait dans tout ça : Charlotte n'appelait pas cet homme « papa ». Sinon, elle n'aurait pas réclamé un père pour Noël.

— La situation a changé, dit-il enfin. Je n'ai plus besoin de travailler autant. Donc, tu peux trouver toutes les excuses du monde, aucune ne tiendra.

Elle ne répondit pas immédiatement et il eut tout le loisir de la contempler. Seigneur, comme elle était belle dans sa robe rouge qui soulignait sa taille fine et s'évasait autour de ses cuisses ! Elle avait des jambes superbes, longues et fuselées, qu'elle avait enroulées autour de lui dans l'amour, évoqua-t-il. Le souvenir de ce contact était si intense qu'il ébaucha un geste vers elle, le cœur battant.

Mais l'avertissement qu'il lut dans ses yeux gris l'arrêta.

— Comment puis-je savoir que tu ne dis pas ça pour me retenir ? s'enquit-elle avec méfiance.

— Nous ne devrions pas avoir ce genre de conversation aujourd'hui, déclara-t-il. Je tiens à ce que cette journée soit parfaite pour toi et Charlotte.

— Tu parles !

Sans tenir compte de cette rebuffade, Luigi se tourna vers sa fille qui courait d'un jouet à l'autre. La regarder l'emplissait de joie et de fierté et il sut à cet instant que rien ne pourrait le séparer d'elle. Il était déterminé à s'opposer à sa mère par tous les moyens s'il le fallait.

Megan, qui était tournée vers la fenêtre, s'écria soudain :

— Charlotte, viens voir. Il neige !

Tous trois s'approchèrent des carreaux. De gros flocons virevoltaient, mais ils fondaient presque instantanément en touchant les pelouses et les allées du parc.

— On peut sortir ? supplia Charlotte, tout excitée.

— Bien sûr, ma chérie, répondit Megan, heureuse de cette diversion.

Luigi se joignit à elles. Charlotte essayait de saisir

les flocons au vol et il l'imitait par jeu. Il était un peu gauche au début, mais peu à peu il se détendit et tous deux disputèrent une partie de chat.

Hélas, la neige cessa de tomber et ils rentrèrent. Ils étaient en retard pour le petit déjeuner, ce qui leur valut un regard réprobateur de la part d'Edwina.

— J'espère que les œufs ne sont pas trop cuits, se plaignit-elle.

— C'est de notre faute, Edwina, s'excusa Luigi. Nous ne voulions pas rater la neige.

Megan goûta et déclara en souriant :

— Rassurez-vous, ils sont parfaits. Désolée de vous avoir fait attendre.

Un sourire radieux éclaira les traits de la brave femme.

— Ce n'est pas grave. C'est Noël, après tout.

Le reste de la journée se déroula dans un agréable tourbillon de jeux, de repas de fête et de conversations, et Megan songea que ce ne serait peut-être pas si pénible de vivre chez Luigi, après tout. Il faisait des efforts, c'était évident. Mais cela durerait-il ?

Le soir, après avoir couché Charlotte, ils se retrouvèrent dans son salon.

— Tu es aimé cette journée ? demanda-t-elle en se pelotonnant dans un fauteuil. Est-ce que Charlotte t'a épuisé ? Ou as-tu trouvé facile de t'occuper d'elle ?

— Si tu veux savoir si j'ai changé d'avis, la réponse est non. Je suis même encore plus déterminé. Cette maison est idéale pour un enfant. Elle s'est amusée comme une folle. Je pense que tu en conviendras.

Megan ne s'était pas attendue à ce ton abrupt.

— Elle s'amuse tous les jours comme ça, répliqua-t-elle. A son âge, on se plaît autant dans un palace que dans un infâme boui-boui. Mais ce qui ne serait pas bon pour elle, c'est que tu continues de la gâter. Et pourquoi diable lui offrir un ordinateur ? As-tu oublié l'âge qu'elle a ?

Luigi haussa les épaules.

— J'ai simplement demandé au chef du rayon d'emballer tous les jouets qui pouvaient convenir à une petite fille de presque quatre ans.

— Tu n'as même pas choisi un seul de ses cadeaux ? s'exclama Megan. De mieux en mieux ! Tu as fait la même chose pour les miens ? Tu es fou ! Après les fêtes tu pourras rapporter le tout, je n'en veux pas.

Elle vit les muscles de son visage se contracter, signe qu'elle l'avait poussé à bout.

— Ta réaction est disproportionnée, Megan. Et, bonté divine, comment suis-je censé savoir ce qui plaît à un enfant ?

— Tu aurais pu te renseigner. Mais ça t'aurait fait perdre du temps, pas vrai ? C'est plus facile de payer quelqu'un. Oh ! et puis flûte… Je n'ai pas envie de discuter davantage. Je monte me coucher. J'aurais dû savoir que ce Noël serait un désastre.

Mais elle n'avait pas atteint la porte que Luigi se levait d'un bond et lui barrait la route. Quand elle essaya de le repousser, il l'attira entre ses bras puissants.

— Tu ne me quitteras pas comme ça. Je refuse de passer la soirée seul.

Et avant qu'elle ait eu le temps de se débattre, la bouche de Luigi écrasa la sienne.

Megan se sentit perdue. Ce baiser déchaîna en elle une tornade de sensations stupéfiantes et, bien qu'elle sût qu'elle devait résister, elle se délecta de ce tourbillon que Luigi suscitait en elle. Seigneur ! Si ça continuait, elle allait bientôt le supplier de lui faire l'amour…

Leur étreinte fougueuse se prolongea et elle n'eut pas la force d'y mettre fin. Toutes les zones de son corps étaient brûlantes et vibraient sans qu'elle pût contrôler ces réactions. Elle devait mettre un terme à cette folie, pourtant. Oui, mais comment ? Son corps était affamé, parce qu'il y avait trop longtemps qu'elle n'avait pas reçu les attentions d'un homme.

Que cet homme fût Luigi, son mari, était pour le moins ironique. Mais mieux vaut un danger qu'on connaît, disait le proverbe. Dans un élan de désir, Megan se pressa contre lui et entrouvrit ses lèvres. Juste le temps d'un baiser, se dit-elle. Ensuite, elle monterait dans sa chambre.

Facile à dire. Dans un gémissement guttural, Luigi profita de ce qu'elle lui offrait, et leur baiser se mua en quelque chose d'intense et d'affolant.

— Tu es toujours la femme la plus sexy de l'univers, murmura-t-il d'une voix rauque de passion. J'ai été fou de te laisser partir.

Ce qui était encore plus fou, c'était ce qu'elle ressentait en cet instant, se dit Megan, les bras noués autour de son cou.

Luigi laissa échapper une plainte sourde et plaqua ses mains sur ses fesses. Non seulement Megan ne lui opposa aucune résistance, mais elle ondula lascivement contre lui, décuplant son désir. Bientôt, n'y tenant plus, il la souleva pour la porter en hâte vers le sofa.

Un long frisson de volupté parcourut Megan, tandis qu'elle tentait de reprendre son souffle. Elle n'avait plus éprouvé cette excitation depuis des années. Devait-elle laisser cette faim primitive prendre le dessus ? Et pourquoi pas ? Ce serait une façon originale de célébrer la fin de ce mariage désastreux. Peut-être même en ferait-elle une sorte de revanche pour montrer à Luigi ce qu'il avait perdu ? Après quoi, elle s'en irait d'ici.

Elle ne put s'empêcher de sourire à cette idée machiavélique.

— Qu'y a-t-il de si drôle ? demanda-t-il en s'asseyant au bord du sofa pour caresser ses lèvres d'un geste doux.

— Rien que tu puisses comprendre, répondit-elle en lui mordillant le doigt.

Elle vit son regard s'assombrir.

— Comme tu m'as manqué ! murmura Luigi en posant une main possessive sur son sein.

Megan se sentit frémir sous la caresse. La pointe de son sein se dressa sous la soie rouge de sa robe. Ce jeu était décidément très dangereux, se dit-elle en fermant les yeux. Il fallait qu'elle s'échappe maintenant, tant qu'elle en avait encore la force.

Mais il était trop tard déjà. Luigi avait défait les boutons qui fermaient sa robe sur le devant et, avec une ardeur empreinte de désespoir, sa bouche happa un mamelon, puis l'autre, à travers la dentelle de son soutien-gorge.

Megan suffoqua, grisée. Elle avait toujours aimé ce genre d'attentions de sa part, qui provoquaient en elle les sensations les plus folles. Elle s'arc-bouta vers lui, s'offrant à tous les délices qu'il promettait, même si une voix raisonnable lui soufflait qu'elle commettait une erreur.

Doucement, Luigi la fit glisser sur le tapis avant de se dévêtir avec des gestes rageurs. Puis, contenant son impatience, il entreprit de la déshabiller. Mais Megan n'en pouvait plus d'attendre. Elle finit d'arracher elle-même robe et sous-vêtements et les jeta au loin. Nus à présent, ils s'enlacèrent avec une fébrilité attisée par les années de séparation.

Luigi était toujours un amant époustouflant, constata-t-elle, enivrée. A la fois avide et attentif à lui donner du plaisir, comme s'il craignait qu'elle ne se rétracte.

Impossible. Comment aurait-elle pu avoir des regrets quand tout son corps bouillait d'un désir si intense qu'il en était presque douloureux ? Ensemble, ils s'adonnèrent à la danse immémoriale de l'amour. Megan atteignit l'orgasme la première et se laissa porter vague après vague sur l'océan du plaisir. Puis ce fut au tour de Luigi de perdre son contrôle pour plonger dans l'extase.

Quand leurs corps comblés s'apaisèrent enfin, il se tourna vers elle, un sourire aux lèvres.

— Exactement comme autrefois, n'est-ce pas ?

Megan acquiesça. Comment le nier ? Néanmoins, ça ne se reproduirait pas. Elle avait succombé à une envie charnelle sans tenir compte de sa raison, et c'était une grave erreur. Non qu'elle regrettât cette passion torride qui avait ramené son corps à la vie. Cette part de leur relation lui avait manqué sans qu'elle s'en rendît compte.

— Tu veux toujours monter à ta chambre ?

— Non…, murmura-t-elle dans un soupir.

Pris d'un regain de désir, Luigi la posséda de nouveau. Cette fois, il n'y avait plus d'urgence dans leur corps-à-corps. Ils prirent leur temps, retrouvant la volupté délicieuse qui avait toujours imprégné leurs ébats.

Plus tard, couchée dans son lit, Megan eut l'impression de flotter dans l'air. Dans son esprit, il n'y avait plus d'idées de fuite. Sa place était ici, avec Luigi.

Luigi qui était étendu près d'elle.

Appuyé sur un coude, il la contemplait d'un regard sombre et sensuel, tout en redessinant d'un doigt caressant le contour de ses seins.

— Nous avons beaucoup de temps à rattraper, susurra-t-il.

Elle lui sourit avec malice.

— Et tu proposes de le rattraper en une seule nuit ?

— J'ai bien l'intention d'essayer.

— Nous ne pourrons pas nous occuper d'une petite fille turbulente demain, si nous ne dormons pas, lui rappela-t-elle.

— Oh…, s'exclama-t-il en se frappant le front, j'oubliais ! J'avais prévu de passer le lendemain de Noël au lit. Edwina nous aurait apporté les repas dans la chambre pendant que nous aurions fait de notre mieux pour rattraper le temps perdu.

Pas une seconde, Megan n'avait imaginé que les fêtes de

Noël prendraient cette tournure. Et le plus surprenant était qu'elle ne regrettait rien. Elle appréciait même beaucoup cette intimité retrouvée. Elle avait délibérément chassé de son esprit le fait que Luigi retournerait à son travail dans peu de temps et que cette seconde lune de miel, si elle pouvait l'appeler ainsi, serait trop vite terminée. Elle tenait à profiter de chaque moment précieux qu'il lui offrait. Ce n'était même pas la bonne période du mois pour tomber enceinte, aussi ne se faisait-elle aucun souci à ce sujet.

Luigi avait du mal à croire à sa chance. Il n'avait même pas eu besoin de la convaincre ; elle était tombée dans ses bras aussi naturellement que s'ils ne s'étaient jamais quittés. Une joie immense l'envahit soudain. Il ne faisait plus aucun doute dans son esprit qu'elle emménagerait bientôt chez lui et qu'ils formeraient enfin une vraie famille.

Il resserra ses bras autour d'elle et vit qu'elle s'était endormie. En souriant, il se blottit contre elle et ne tarda pas à sombrer lui aussi dans le sommeil.

Ils furent réveillés par la voix excitée de Charlotte.

— Maman ! Réveille-toi, il neige. Papa, viens voir !

Comme ils étaient nus sous la couette, ils attendirent que Charlotte se tourne vers la fenêtre. Megan enfila prestement son peignoir et Luigi s'enveloppa comme il put dans le drap du lit.

En riant, ils rejoignirent leur fille. Charlotte ne fit aucun commentaire sur le fait qu'elle les avait trouvés couchés ensemble et Luigi en fut heureux. Cela prouvait qu'elle l'acceptait sans réserve comme père. Et puisque de son côté Megan lui avait ouvert les bras, l'avenir s'annonçait radieux.

La neige tombait plus dru que la veille et se maintenait au sol. C'était si rare d'avoir un Noël blanc, songea Megan. Cela ne pouvait être que de bon augure et elle était heureuse à présent que Luigi ait réussi à la persuader de venir chez lui.

Plus tard dans la journée, ils organisèrent une partie de boules de neige et firent un bonhomme. Luigi était plus détendu qu'elle ne l'avait jamais vu — sauf au lit, bien sûr, où il était toujours époustouflant.

Un doute subsistait dans son esprit : avait-il eu d'autres partenaires durant leur séparation ? Mais elle balaya très vite cette suspicion. C'était sa faute à elle s'il avait connu d'autres femmes ; et si ses performances sexuelles s'en trouvaient accrues, elle n'allait pas s'en plaindre. La nuit dernière, il l'avait fait chavirer de plaisir et, rien que d'y penser, elle sentait renaître les sensations folles qui l'avaient possédée.

Chaque fois qu'elle le regardait, son cœur se mettait à battre plus vite et Luigi lui renvoyait des sourires suggestifs, comme pour lui dire qu'il savait à quoi elle pensait.

« Plus tard », articula-t-il en silence.

Megan était impatiente d'être au soir. C'était comme s'ils rejouaient le début de leur histoire, avant que le travail ne prenne la première place dans la vie de Luigi.

Elle chassa aussitôt cette pensée. Il était père, à présent. Ses priorités avaient changé.

Le soir venu, Luigi la suivit dans la salle de bains et la regarda donner le bain à Charlotte. Quelle mère merveilleuse elle était ! Si douce, si tendre… Elle dégageait tant d'amour maternel qu'il en fut bouleversé. Il serra les poings cependant en songeant qu'elle lui avait ôté le bonheur de voir sa fille naître, de partager ses premières années si précieuses et les moments d'avant sa naissance, quand ils auraient dû préparer ensemble sa venue au monde. Mais il ne laisserait pas son amertume gâcher son plaisir cette nuit.

Depuis le matin, il attendait de lui faire de nouveau l'amour. La nuit dernière, elle avait répondu à toutes ses attentes et, à en juger par la façon dont elle le regardait, ses beaux yeux remplis de passion, il savait qu'elle l'inviterait de nouveau dans son lit.

Il ne fut pas déçu. Dès qu'il l'enlaça, les années qui les avaient éloignés parurent se dissoudre. Megan était de nouveau sa femme, et le pressait de la faire sienne avec un désir égal au sien.

Elle l'embrassa avec une sensualité que seule une femme amoureuse pouvait ressentir. Et cela lui plut de la laisser prendre l'initiative — pour l'instant du moins. Elle le caressa, le noya de baisers, s'amusant visiblement de l'exciter d'un simple frôlement des doigts ou des lèvres. Puis ses gestes se firent de plus en plus urgents jusqu'à ce que Luigi fût incapable d'en supporter davantage.

— Arrête, gémit-il avant de la renverser sur le dos et de se positionner au-dessus d'elle.

Sans attendre, il la pénétra d'un puissant coup de reins, et les cris de Megan se mêlèrent aux siens, tandis qu'un plaisir intense inondait leurs corps et leurs âmes.

Longtemps, ils restèrent agrippés l'un à l'autre, pris dans la tourmente de la passion. Puis, lentement, ils regagnèrent des rivages plus sereins.

— C'était… magique, marmonna Luigi en reprenant son souffle. Comme je suis heureux de t'avoir retrouvée !

Les yeux clos, Megan ne répondit pas. Une expression de bonheur imprégnait ses traits et son teint avait un éclat inhabituel. Il ne l'avait jamais vue aussi belle, reconnut-il, ni aussi comblée physiquement. Maintenant, il était certain qu'elle ne le quitterait pas.

Ils firent l'amour deux fois encore avant de s'endormir, blottis dans les bras l'un de l'autre.

Pour la première fois de sa vie, Luigi ne ressentit pas le besoin de se lever à l'aube pour se rendre au bureau. Il avait à son côté une femme qu'il avait failli perdre et il n'était pas prêt à courir de nouveau ce risque. Il finirait par aller travailler, bien sûr, mais il rentrerait tôt, se promit-il.

Hélas, cela ne se passa pas comme prévu.

Vers le milieu de la matinée, Charlotte et lui faisaient une bataille de boules de neige dans le parc quand Megan rentra chercher un mouchoir pour Charlotte. Quelques minutes plus tard, elle émergea de la maison, le visage furieux, et lui plaqua le téléphone sans fil dans la main.

— Un appel pour toi, jeta-t-elle.

Luigi fronça les sourcils.

— Qui est-ce ?

— Découvre-le toi-même !

Et, prenant Charlotte par la main, elle ajouta :

— Viens, chérie. Allons faire nos bagages. Nous partons.

Il resta planté là, stupéfait. Celui ou celle qui l'appelait avait manifestement mis sa femme en colère.

— Pourrais-je parler à Luigi, s'il vous plaît ?

La voix rauque de l'interlocutrice résonnait encore aux oreilles de Megan.

— Qui le demande ? s'était-elle enquise poliment.

— Dites-lui que c'est Serena. Et dépêchez-vous, je n'ai pas toute la journée devant moi.

Serena ! Ainsi, elle était toujours là ?

— Comment osez-vous me parler de la sorte ? avait-elle répliqué. Je ne suis pas l'une de ses domestiques.

— Je me moque de savoir qui vous êtes. Passez-moi Luigi !

— Pas de chance. Il n'est pas disponible, avait annoncé Megan sans dissimuler sa colère.

— Je pense qu'il le sera quand vous lui direz qui je suis.

— Vous croyez qu'il vous préférerait à sa femme ?

— Sa femme et lui sont séparés depuis longtemps, avait lâché Serena avec mépris. Luigi est stupide de ne pas avoir divorcé. Il…

— En fait, son épouse est revenue. Et c'est à elle que vous avez l'honneur de parler.

Un long silence avait suivi.

— Mais je vais quand même aller le chercher, avait ajouté Megan d'une voix aigre-douce. Ne quittez pas.

Sans attendre la réponse, elle était sortie du manoir et avait marché droit sur Luigi, la rage au cœur.

Le regard hésitant de son mari lui avait apprit tout ce qu'elle voulait savoir. S'il tenait à elle, il aurait ignoré l'appel de Serena.

Au lieu de quoi, il s'était détourné et Megan l'avait entendu parler doucement dans le combiné.

5.

— Serena travaille toujours pour toi ?

Megan n'avait pas vraiment envie de connaître la réponse à cette question, pourtant elle n'avait pu s'empêcher de la poser.

Elle avait fait ses valises et, à présent, elle affrontait Luigi pour la dernière fois. Par la fenêtre de sa chambre, elle l'avait vu parler au téléphone. Sa façon de bouger la tête en écoutant son interlocutrice, les mouvements de ses mains — comme s'il touchait le corps de Serena — tout portait à croire que cette femme comptait beaucoup pour lui. Quand il avait mis fin à la communication, elle avait même eu l'impression qu'il soufflait un baiser. Le mufle !

Cela n'aurait eu aucune espèce d'importance s'ils n'étaient pas redevenus amants. Mais maintenant… Il l'avait traitée comme si elle était la seule femme dans sa vie, alors qu'en fait son seul but était d'obtenir la garde de Charlotte. Et si la mère de sa fille faisait partie du lot, c'était encore mieux, n'est-ce pas ? Parce qu'elle serait une baby-sitter toute trouvée pendant qu'il serait libre de travailler autant qu'il voudrait et de poursuivre ses aventures sentimentales !

— En effet, répondit-il. Mais tu n'as pas besoin de tourmenter ta jolie tête à son sujet.

— Ah non ? Elle m'a pourtant fait comprendre qu'elle était la première de tes priorités.

— Dans ma vie professionnelle, corrigea-t-il. Serena est mon assistante, tu le sais.

Megan arqua ses sourcils joliment dessinés.

— Et c'est tout ce qu'elle est pour toi ? Ce n'est pas l'impression que j'ai eue. Si tu crois que je vais revenir vivre avec toi, alors qu'elle occupe déjà une place dans ta vie, tu te trompes. Heureusement qu'elle a téléphoné, au moins je sais à quoi m'en tenir.

— Ne sois pas ridicule, Megan. Serena n'est rien pour moi. C'est toi et Charlotte qui comptez plus que tout.

— Dis plutôt que tout ce qui t'importe c'est de garder Charlotte.

— Et que fais-tu des deux nuits que nous avons passées ensemble ? Ça ne représente rien pour toi ? demanda-t-il en se raidissant de colère.

— Elles m'ont seulement rappelé quel expert tu es en matière de sexe. Rien d'autre.

Son regard sombre la transperça.

— Je ne te crois pas.

— Je m'en moque. Pour ma part, je sors de ta vie pour de bon. Débrouille-toi avec ta chère Serena.

— Tu gâcherais le bonheur de ta fille ? l'accusa-t-il. Et sa vie aussi, en la privant du père qu'elle vient à peine de retrouver ?

Megan dut admettre que, dans sa colère, elle n'avait pas eu le temps de considérer les choses sous cet angle. Il avait raison, Charlotte était si heureuse d'avoir un père que ce serait cruel de l'éloigner de lui maintenant. Mais Megan ne souhaitait pas pour elle un père à temps partiel qui couchait avec d'autres femmes !

— Très bien, lâcha-t-elle à contrecœur, optons pour un compromis. Je reste, à deux conditions.

— Lesquelles ? s'enquit-il froidement.

Luigi ne lui facilitait pas la tâche. Qui aurait cru que quelques heures plus tôt ils avaient fait l'amour ? Il ne restait rien du plaisir qu'ils s'étaient donné l'un à l'autre. Ils s'affrontaient comme deux ennemis jurés.

Vaillamment, Megan redressa le menton.

— Primo, je veux que tu réduises tes heures de travail. Secundo, qu'il n'y ait pas d'autre femme dans ta vie.

— Accordé.

Comme ça, sans discuter ? Elle avait peine à le croire.

— Je parle sérieusement, Luigi.

— Moi aussi. Charlotte et toi, vous êtes les deux personnes les plus importantes dans ma vie.

— Et Serena ?

Il ébaucha un mouvement de tête agacé.

— C'est mon bras droit. Je ne peux pas la rayer de mon existence. C'est elle qui gère presque tout. Sur le plan professionnel, ajouta-t-il en voyant une flamme accusatrice dans les yeux de Megan. Ce qui me fait penser...

Il consulta sa montre.

— On a besoin de moi au bureau. Je dois y aller. A mon retour, nous irons à Greenwich prendre le reste de tes affaires. Tu seras là, j'espère ?

Megan acquiesça, résignée. Avait-elle le choix ? Le bien-être et le bonheur de Charlotte passaient avant tout.

Sur le chemin de son bureau, Luigi se sentait nerveux. Il n'était pas absolument sûr que Megan serait là à son retour. D'un autre côté, le fait qu'elle fût jalouse de Serena était une bonne chose. Cela tendait à prouver qu'elle éprouvait toujours des sentiments pour lui. Il devait juste veiller à ce que son assistante ne l'importune pas.

Serena était une précieuse collaboratrice. Qu'avait-elle pu dire à Megan ? Voilà ce qu'il aurait aimé savoir.

Le siège de l'empire Costanzo était une suite de prestigieux bureaux dans le quartier réhabilité des docks de Londres, d'où la vue était époustouflante par temps clair.

Mais aujourd'hui Luigi n'eut guère le temps d'admirer le panorama. Un problème était survenu dans l'une de ses sociétés : un employé mécontent avait introduit un virus dans la programmation d'un logiciel qui venait d'être commercialisé pour Noël. Il fallait à tout prix rappeler toutes les copies, avant qu'il ne cause de réels dégâts.

Il était un peu plus de 20 heures quand il rentra au manoir. Sur le chemin du retour, il avait appelé Megan, s'attendant plus ou moins à ce qu'elle soit partie. Il avait été soulagé quand elle avait décroché et n'avait pas été surpris d'entendre qu'elle était en colère.

Il la trouva pelotonnée dans un fauteuil du salon, si captivée par son livre qu'elle ne l'avait pas entendu entrer. Sauf qu'elle tenait le livre à l'envers. Quand il esquissa un sourire et l'appela doucement, elle sursauta de façon très crédible.

— Ah, tu as finalement réussi à t'arracher à Serena ? déclara-t-elle en le gratifiant d'un regard hostile.

D'ordinaire gris, ses yeux avaient maintenant la couleur de l'améthyste, comme le pull violet qu'elle portait. Ce n'était pas la première fois qu'il remarquait ce phénomène. Quelle que soit la couleur de sa tenue, ses iris semblaient s'en imprégner. Cela le fascinait.

— Je t'ai expliqué la situation au téléphone, répondit-il avec patience.

— Etait-ce ce matin seulement que tu promettais de moins travailler ? poursuivit-elle. Tu as vraiment la mémoire courte.

— C'est un cas de force majeure, se défendit-il. M'as-tu écouté quand j'ai… ?

— Oh oui, j'ai entendu tout ce que tu as dit, coupa Megan.

— Mais tu ne me crois pas ? Eh bien, tu devrais, parce que ça sera dans les journaux demain. Plusieurs journalistes ont flairé l'affaire et sont venus fouiner au siège aujourd'hui. Cela pourrait avoir des répercussions désastreuses.

— Tu connais le coupable ?

— En fait, oui. Avant de partir en congé, il s'est vanté auprès d'un de ses collègues qu'il coulerait la boîte. Dommage qu'on ne l'ait pas pris au sérieux. Les prochaines semaines, voire les prochains mois, risquent d'être un vrai casse-tête.

— Tu veux dire que tu vas de nouveau travailler jour et nuit ?

— Je vais tâcher de ne pas en arriver là.

Il voyait bien à son expression qu'elle ne le croyait pas, et en toute honnêteté il ne pouvait affirmer qu'il tiendrait parole. Il était trop habitué à assumer lui-même toutes les responsabilités sans déléguer quoi que ce soit.

— Allons chercher tes affaires, dit-il. Je vais donner des instructions à Amy pour qu'elle veille sur Charlotte.

— A cette heure ?

Son visage était dénué de maquillage et on lui aurait donné dix-huit ans au lieu de vingt-six, pensa Luigi. Emoustillé, il eut envie de l'entraîner dans la chambre, mais il se rappela à la raison.

— Pourquoi pas ? dit-il.

— Et bien entendu, tu travailleras tard encore demain. Donc, c'est maintenant ou jamais, n'est-ce pas ? répondit-elle, désabusée. Ce n'était peut-être pas une si bonne idée de…

— Tu ne vas pas encore changer d'avis, coupa-t-il d'un ton cassant. Va mettre ton manteau. Nous partons.

A son grand soulagement, elle fit ce qu'il demandait. Quelques minutes plus tard, elle redescendit l'escalier, vêtue d'un manteau beige et d'une écharpe rouge.

Ils montèrent en voiture.

— Je suppose que tu vas mettre ta maison en vente ? dit Luigi quand ils eurent roulé quelques minutes en silence.

— C'est une location, corrigea Megan.

— Alors, quelle est la procédure ? Ton propriétaire acceptera une compensation financière en guise de préavis ?

— Il s'agit d'une colocation.

Luigi se raidit. Il avait presque oublié le « petit ami ». Pour une raison étrange, Megan ne semblait pas trop préoccupée à l'idée de le quitter. Décidément, il ne comprenait pas comment l'esprit de sa femme fonctionnait ! Et ce n'était pas une sensation agréable.

— Comment réagira-t-il en apprenant que tu emménages chez moi ? demanda-t-il.

— Il ? Oh… Jake ! Il n'a pas grand-chose à dire, n'est-ce pas ? Je suis toujours mariée avec toi.

Elle était remarquablement calme et il s'en irrita.

— Si tu crois que tu vas continuer à le voir, tu te trompes ! jeta-t-il avec véhémence.

— Ai-je dit que j'avais envie de le revoir ?

Luigi était de plus en plus perplexe. Etait-il possible qu'il ait donné à cette histoire une importance démesurée ? Peut-être que ce Jake ne représentait rien pour elle et que leur colocation n'était qu'un arrangement financier ? Il enrageait de n'avoir aucune certitude là-dessus, et la pensée de Megan partageant le lit d'un autre, et se donnant à lui avec une fougue égale à celle qu'elle lui offrait, lui glaça le sang.

— Non, convint-il. Mais je préfère te prévenir tout de suite. D'ailleurs, s'il est là, je lui parlerai.

— Laisse tomber. Il est à Paris. Avec sa fiancée.

Luigi braqua brusquement sur le bas-côté et releva le frein à main.

— Qu'est-ce que tu viens de dire ?

— Jake est avec Jenny, ma colocataire. Ils sont à Paris pour Noël.

— Bonté divine ! rugit-il. Tu ne pouvais pas le dire plus tôt ?

— Ça m'amusait de voir que tu tirais des conclusions hâtives, répondit Megan avec un sourire railleur.

— Je ne trouve pas ça drôle ! J'ai souffert mille morts en t'imaginant au lit avec lui.

— Comme si tu y pouvais quelque chose, fit-elle remarquer avec bon sens. Réfléchis une seconde enfin. Tu crois que j'aurais accepté de venir chez toi si j'avais eu une relation avec quelqu'un d'autre ?

— Ça me plaît de croire que tu l'aurais fait pour Charlotte, admit Luigi d'un air sombre.

Il avait pensé qu'il ne lui laissait pas le choix, mais il se rendait compte que depuis le début c'était elle qui avait la situation en main.

Il remit le moteur en marche et roula à vive allure jusqu'à Greenwich.

Il faisait un froid de canard dans son petit pavillon.

— J'espère que les canalisations ne sont pas gelées, fit-il remarquer en se frottant les mains. Tu ne devrais pas laisser la maison sans chauffage.

— On voit bien que ce n'est pas toi qui payes la facture de fioul, marmonna Megan en commençant à remplir les valises qu'elle avait apportées.

— Comment ton amie va-t-elle se débrouiller maintenant ?

Elle haussa les épaules.

— Je n'en sais rien. Peut-être que Jake va emménager ici. Ce qui est sûr, c'est qu'elle ne sera pas contente en voyant que je suis partie sans prévenir.

— Pas de problème, dit-il, désinvolte. Je veillerai à ce qu'elle ne soit pas lésée.

— Nous y voilà, de nouveau ! L'argent résout tous les problèmes, c'est ton credo, n'est-ce pas ? Eh bien, ce n'est pas le mien. Et je ne veux pas que tu insultes Jenny en lui offrant de l'argent.

Luigi n'était pas certain que son amie se sentirait

insultée. En fait, il était même prêt à parier qu'elle serait reconnaissante de cette compensation financière. Qui ne le serait pas ? Mais il préféra ne pas en faire part à Megan, sachant quel genre de réponse il recevrait.

— Tu la connais mieux que moi, fit-il remarquer, conciliant. Quand tes amis doivent-ils rentrer ?

— Je ne sais pas vraiment. Demain, je pense, dit-elle en allant prendre un sac de voyage dans sa garde-robe.

Luigi l'avait suivie et la regardait jeter pêle-mêle ses produits de toilette et un tas d'autres babioles qui sans doute lui étaient indispensables. Il aurait préféré qu'elle les laisse sur place ; il lui en achèterait tout un stock. Mais après la scène qu'elle lui avait faite à propos des cadeaux de Noël, il s'abstint de toute suggestion. Megan était devenue une femme extrêmement indépendante.

Pour finir, elle écrivit un mot à l'attention de Jenny, qu'elle plaça en évidence sur la table de la cuisine.

— Bon, je suis prête. Allons-y.

Il aurait aimé qu'elle soit heureuse de partir au lieu d'arborer cette mine crispée qui altérait ses jolis traits. Ce ne serait pas la belle réunion qu'il avait espérée. Bah, avec le temps et beaucoup de persuasion de sa part… Et moins d'heures de travail, se rappela-t-il. Comment y parviendrait-il ? Il l'ignorait. Même s'il employait des cadres très compétents, il tenait à veiller lui-même aux affaires à tous les niveaux. C'était à ce contrôle sans faille qu'il devait son succès. Megan était capable de comprendre ça, non ?

Ce soir-là, comme ils se tenaient tous deux devant la porte de sa chambre après avoir pris un dernier verre dans l'antre, Megan refusa d'inviter Luigi dans sa chambre. Oh ! ce n'était pas l'envie qui lui en manquait ; elle le désirait éperdument, mais l'épisode de Serena la retenait.

Luigi devina la raison de sa tiédeur sans qu'elle eût besoin de la mentionner.

— Tu commets une grave erreur, lui dit-il, la mine sombre. Serena n'est pas et n'a jamais été ma maîtresse.

— Mais elle aimerait l'être, avoue-le. Et il t'arrive d'aller dîner avec elle et de lui offrir une soirée au théâtre.

Il soupira.

— Juste pour la récompenser quand nous avons travaillé dur.

— Tu es capable de lui résister ? demanda-t-elle, dubitative.

— Résister à Serena ? Tout à fait.

Le regard de la jeune femme se plissa.

— Parce qu'il y en a eu d'autres ?

— Ça, tu n'as pas le droit de me le reprocher ! s'emporta-t-il. Je suis un homme normalement constitué qui doit bien assouvir ses besoins sexuels de temps à autre.

Cela revenait à dire qu'elle-même n'avait fait que nourrir son appétit sexuel ? Megan sentit la tête lui tourner. Et elle venait de s'installer chez lui. Oh ! mon Dieu, quelle sottise ! Il pouvait toujours attendre pour qu'elle l'invite de nouveau dans son lit. Et si jamais il osait assouvir ses envies avec une autre, elle partirait d'ici sur-le-champ, se jura-t-elle.

— Tu es différente des autres, Megan, déclara-t-il d'une voix rassurante. Tu es ma femme et nous avons besoin l'un de l'autre. Nous l'avons prouvé, il me semble.

Il se tenait tout près, de sorte qu'elle sentait son parfum viril et l'odeur de sa peau. Cela l'excitait au dernier degré, mais elle devait se montrer forte.

— Pfft… J'ai autant envie d'être avec toi que d'aller me pendre, railla-t-elle avec mépris. Je me débrouille très bien sans toi depuis quatre ans, merci. Et si tu continues, je m'en vais tout de suite avec Charlotte.

— Parce que tu ne supportes pas l'idée que j'aie eu

des partenaires pendant notre séparation ? explosa-t-il. Mais bon sang ! Je ne pensais même pas te revoir un jour.

— Et maintenant que je suis là, as-tu dit à Serena de prendre ses distances ?

— Nous avions des affaires plus urgentes à régler.

— Donc, tu ne lui as pas parlé de nous, l'accusa Megan, les yeux étincelants. Je l'aurais parié ! Eh bien, tu as intérêt à le faire, et vite, parce que si je reçois d'autres appels de sa part je lui dirai ses quatre vérités. Après ça, elle ne voudra plus travailler avec toi, et encore moins se glisser dans ton lit !

Megan avait conscience de perdre le contrôle d'elle-même, mais elle n'y pouvait rien. Si la situation se dégradait, elle craignait d'être encore plus blessée que quatre ans plus tôt. Parce que, cette fois, sa petite Charlotte en souffrirait aussi.

— Megan, je peux t'assurer que tu es ma priorité. Serena n'a jamais fait partie de ma vie et elle n'entrera pas en ligne de compte.

Il inclina la tête comme s'il voulait l'embrasser et Megan sentit son pouls s'accélérer. Si elle montrait la moindre hésitation, il serait trop tard.

Dans un élan de panique, elle ouvrit sa porte.

— J'aimerais pouvoir te croire, Luigi. Bonne nuit !

Là-dessus, elle lui claqua la porte au nez.

Son cœur battait la chamade. Appuyée contre le battant, elle reprit difficilement son souffle. Ce serait si facile de redevenir la femme de Luigi, dans tous les sens du terme. Mais c'était trop tôt. Il devait encore faire ses preuves. Quant à elle, elle ferait bien de dompter ses sentiments et de ne pas lui laisser voir qu'elle le désirait comme une folle.

Elle eut du mal à trouver le sommeil ce soir-là. Des pensées de Luigi tourbillonnaient sans fin dans son esprit. La place auprès d'elle était vide, elle-même se sentait vide. Même s'ils n'avaient rien d'autre en commun, elle ne pouvait nier que leur entente physique était époustouflante.

A plusieurs reprises, elle se leva et ouvrit la porte de communication pour s'assurer que Charlotte dormait profondément. Elle était si belle, si insouciante et si heureuse d'être dans la maison de son père. Rien que pour cela, Megan se félicitait d'avoir accepté d'emménager ici.

Le lendemain, quand elle descendit, à l'heure du petit déjeuner, elle fut surprise de trouver Luigi attablé, une tasse de café à la main, le journal déployé devant lui.

Il leva les yeux et ébaucha un sourire chaleureux.

— Bonjour. Bien dormi ?

— Merveilleusement bien, merci. Et toi ?

— Moi aussi, merci.

Megan devina qu'il mentait lui aussi. Elle était prête à parier qu'il avait passé une nuit exécrable, en proie comme elle à un désir irrésistible.

Leurs regards se croisèrent et un trouble familier l'envahit. Vivement, elle se détourna et, d'un air concentré, s'appliqua à installer Charlotte sur sa chaise.

La petite fille se mit à bavarder avec son père et Megan en profita pour calmer ses émotions. Comment allait-elle pouvoir vivre sous le même toit que Luigi et suivre les règles qu'elle s'était imposées la veille, si elle était si vulnérable ?

Elle attendit qu'Edwina eût apporté leur petit déjeuner pour le questionner.

— Je pensais que tu étais déjà parti travailler. Si ma mémoire est bonne, tu étais au bureau dès 7 h 30, autrefois.

— Donc, tu ne me croyais pas quand je t'ai dit que je voulais changer ? dit-il en arquant un sourcil moqueur.

Il portait une chemise de soie blanche, ouverte au col, et Megan eut l'envie folle de caresser son torse, de sentir sous ses doigts sa force et de poser sa joue contre son visage rasé de frais. Elle ferma les yeux.

— Quelque chose ne va pas ?

— Non. Tout va bien, dit-elle dans un sursaut.

— Tu es sûre d'avoir assez dormi ? Tu semblais en transe. Veux-tu que je prenne ma journée pour m'occuper de Charlotte pendant que… ?

— Non, répéta-t-elle plus fermement. Je pensais à quelque chose, c'est tout. Hmm… Ce bacon sent très bon.

Tout en mangeant, elle avait conscience qu'il l'observait. Quand Charlotte eut terminé et qu'elle s'échappa vers la cuisine « pour aider Wina », Luigi prit la parole.

— Quelque chose te tracasse, n'est-ce pas ? J'espère que tu ne vas pas changer d'avis encore une fois ? Parce que chez toi c'est ici, maintenant.

— Je sais. Pas besoin de me le rappeler. Et je n'ai pas l'intention de partir, si ça peut te rassurer. Du moins, pas pour le moment.

— J'ai quelque chose à te dire, dit-il en se servant une autre tasse de café. J'ai engagé une nurse pour Charlotte.

— Tu as fait *quoi* ?

Cette annonce la réveilla tout à fait et elle fixa Luigi d'un air sidéré.

— Pourquoi ? Je suis tout à fait capable de m'occuper de ma fille.

— Bien sûr, et tu l'as prouvé. Mais ne serait-ce pas agréable d'avoir plus de temps pour toi ?

— Non, répliqua-t-elle. Rappelle-la tout de suite et dis-lui qu'on n'a pas besoin de ses services. Charlotte ne voudra pas d'une inconnue pour veiller sur elle. Le temps et l'amour de ses parents, c'est tout ce qu'elle demande.

Megan était hors d'elle. Comment avait-il pu prendre cette décision sans la consulter ? Mais elle connaissait déjà la réponse à cette question. Luigi était habitué à donner des ordres et à tout organiser. Seulement, elle n'était pas son sous-fifre et il n'avait pas à décider pour elle !

— Je pense qu'il est important pour *nous deux* de

passer davantage de temps ensemble, expliqua Luigi en s'efforçant d'être patient. Et nous avons beaucoup de choses à rattraper, toi et moi.

— Et quand comptes-tu faire ça ? Tu vas te libérer pendant un jour ou deux, une semaine tout au plus ?

Il se leva, irrité.

— La situation est différente. Maintenant que j'ai un enfant, j'ai l'intention de prendre soin de ma famille.

— En engageant une nurse ? Laisse-moi rire. Et si Charlotte ne l'aime pas ? Si…

— Nous ferons un essai, coupa-t-il. La discussion est close.

Furieuse, Megan bondit de sa chaise à son tour et sortit de la pièce. Discuter avec Luigi ne servait à rien ; il ne ferait aucune concession. Pour autant, elle était déterminée à ne pas céder. Quand la nurse arriverait, elle lui dirait sans détour qu'ils n'avaient pas besoin de ses services. Quant à Luigi, il n'était qu'un sale menteur. Comment croire qu'il voulait passer du temps avec Charlotte s'il employait une nurse pour s'occuper d'elle ?

Elle ne revit pas Luigi avant le soir et sa colère n'avait pas diminué. Dès que sa fille fut couchée, Megan passa à l'attaque.

— J'espère que tu as décommandé la nurse ?

Luigi se rembrunit.

— Pourquoi la décommander ?

— Tu n'as pas écouté un mot de ce que je t'ai dit ? fulmina-t-elle.

Dans un accès de rage, elle se porta vers lui et frappa son torse de ses poings. En réponse, Luigi l'empêcha de se débattre.

— Je fais ça pour *nous*, pas pour Charlotte, assena-t-il. C'est nous qui avons besoin de temps. Nous avons quatre ans à rattraper.

— Inutile, nous n'avons rien à nous dire. Pour ma

part, je suis toujours convaincue d'avoir agi comme je devais en te quittant.

Luigi ne put réprimer son agacement.

— Si cela n'était qu'un problème entre nous, je pourrais peut-être comprendre. Mais, encore une fois, je ne te pardonnerai pas de m'avoir privé des premières années de ma fille.

— Je doute que tu l'aurais beaucoup vue, jeta Megan en luttant en vain pour se libérer. Au cas où tu l'aurais oublié, je suis partie parce que tu étais perpétuellement absent.

— Pourquoi continues-tu à me lancer ça à la figure ? l'accusa-t-il en resserrant son emprise autour d'elle. Ce que j'aimerais savoir, c'est pourquoi tu ne m'as pas alerté avant.

— Oh ! je l'ai fait à maintes reprises. Mais tu ne m'écoutais pas, voilà le problème. Tu étais si accaparé par tes sacro-saintes affaires que rien de ce que je disais ne s'imprimait dans ton esprit ! Tu supposais que l'argent était aussi ma priorité et…

Brusquement, la bouche de Luigi bâillonna la sienne, l'empêchant de poursuivre. Dès lors, Megan sut qu'elle était perdue.

6.

Luigi resserra son étreinte. Megan était à lui pour toujours et l'avenir lui apparaissait clair comme du cristal. Ils formaient une famille, tous les trois, et rien ni personne ne viendrait les séparer. Il jugeait nécessaire d'engager une nurse ; Megan et lui avaient désespérément besoin de passer du temps en tête à tête pour retrouver l'amour qui les avait unis autrefois.

Il avait enfin décidé de déléguer une partie de ses responsabilités professionnelles afin d'accorder à Megan toute son attention. Bien sûr, il aurait aimé prendre une part active à l'expérimentation du nouveau logiciel et veiller aussi à la bonne gestion des Galeries Gerards, mais il avait d'autres intérêts à défendre à présent, et bien plus précieux ceux-là, puisqu'ils engageaient toute sa vie.

Le corps souple de Megan se coula contre le sien. Elle était si bien à sa place entre ses bras ! La première fois qu'il l'avait rencontrée, il était tombé aussitôt amoureux d'elle. Le fait qu'ils s'étaient retrouvés à la période de Noël lui plaisait. C'était sans doute un bon présage. Il approfondit son baiser et sa fougue s'accrut en constatant que Megan ne lui opposait aucune résistance.

Luigi pria en silence pour qu'elle le laisse partager son lit ce soir. La nuit précédente avait été interminable. A maintes reprises, il était venu rôder devant sa porte, prêt à faire irruption et à se glisser entre ses draps. Cela avait été très dur de tourner les talons et de regagner sa chambre.

Heureusement, Megan faiblissait entre ses bras tout en l'embrassant, et son corps voluptueux ondulait contre le sien. Encouragé, il la souleva dans ses bras avec l'idée de l'emporter vers la chambre. Mais il se ravisa et se laissa tomber sur le canapé.

— Ma merveilleuse Megan, murmura-t-il contre son oreille. Si tu savais comme la nuit dernière a été pénible. Te savoir sous mon toit et ne pas pouvoir te toucher...

— Chut... Ne dis rien, souffla-t-elle en approchant sa bouche de la sienne.

Elle l'embrassa avec tant de passion que Luigi crut que son rêve se réalisait enfin.

Jusqu'à ce que, soudain, un cri déchirât le silence.

Charlotte !

En une seconde, ils furent debout. Megan se rua la première dans l'escalier et il la suivit de près. Qu'arrivait-il à leur fille ? Etait-elle tombée du lit ? S'était-elle blessée ?

Luigi sentait son cœur battre à tout rompre et il se rendit compte qu'en l'espace de quelques jours il s'était pris à adorer cette petite fille.

Charlotte était assise dans son lit, le corps très raide, les yeux grands ouverts et fixes.

— Elle dort, chuchota Megan. Un mauvais rêve.

— Cela lui arrive souvent ? demanda-t-il, inquiet.

— Seulement quand quelque chose l'a contrariée. C'est toujours le même cauchemar, apparemment.

Bientôt cependant, la fillette se détendit. Elle ferma les yeux et se pelotonna sous la couette, un léger sourire aux lèvres.

Megan se pencha et l'embrassa sur les cheveux.

— Qu'est-ce qui a pu la bouleverser ? murmura Luigi.

Elle haussa les épaules en rajustant la couette.

— Elle nous a peut-être entendus nous disputer. Elle est sensible et nous n'avons pas été très discrets.

Une vague de culpabilité assaillit Luigi.

— Tu crois que nous pouvons la laisser ? Qu'elle va dormir normalement ?

— Je vais rester dans ma chambre, c'est plus sûr, chuchota-t-elle en refermant la porte avec douceur. Et seule.

Luigi fronça les sourcils.

— Il me semble que nous avons quelque chose à terminer.

— C'était une erreur.

— Comme de m'avoir épousé ?

Il n'avait pu s'empêcher de lancer cette remarque cynique. Il avait été si sûr que cette nuit serait décisive, qu'ils se rendraient compte enfin qu'ils ne pouvaient se passer l'un de l'autre. Et tout s'effondrait parce que Charlotte avait fait un mauvais rêve. Ça le rendait fou !

— Puisque tu présentes les choses de cette façon, alors oui.

Elle le fixait froidement. Toute passion avait disparu de son regard.

— Tu mens, répondit-il. Tu as peur de l'admettre, mais tu as toujours des sentiments pour moi.

— Dans tes rêves, mon cher !

— Alors, dis-moi pourquoi tu fonds entre mes bras quand je t'embrasse ? Et pourquoi me réponds-tu avec une telle passion ? Regarde-moi dans les yeux et ose me dire que tu n'éprouves rien.

Megan s'éveilla en sursaut. Elle venait de rêver de Luigi et elle avait l'impression qu'il était là, dans sa chambre. Elle alluma la lampe de chevet, mais la pièce était vide. Elle consulta son réveil. Presque 7 h 30. Bizarre que Charlotte dorme encore. D'habitude, elle venait se pelotonner contre elle vers 6 heures et elles somnolaient encore une bonne heure toutes les deux.

Elle se leva et s'approcha de la fenêtre. Il faisait nuit noire. La neige était de nouveau tombée et le parc était blanc, immobile et froid. Elle frissonna et alla ouvrir la porte de communication. Quelle ne fut pas sa surprise en découvrant Luigi assis dans un fauteuil, la main de Charlotte dans la sienne ! Tous deux étaient profondément endormis.

Son instinct ne l'avait donc pas trompée, se dit-elle en restant plantée sur le seuil. Luigi s'était bien introduit dans sa chambre.

Un frisson désagréable la parcourut. La veille, elle l'avait regardé droit dans les yeux avant d'affirmer qu'elle n'éprouvait rien pour lui, qu'il ne réussissait qu'à l'exciter sexuellement.

Et c'était la vérité. *Elle ne l'aimait plus.*

Elle s'aperçut soudain que Luigi avait ouvert les yeux et qu'il la contemplait.

— Que fais-tu là ? lui demanda-t-elle.

Doucement, il reposa la main de Charlotte sur la couette. Puis il se leva en bâillant et rejoignit Megan. Elle referma la porte de communication et attendit son explication.

— Charlotte s'est remise à crier, indiqua-t-il.

Megan prit un air horrifié. Comment n'avait-elle pas entendu sa fille pleurer ?

— Elle ne s'est pas réveillée, reprit-il en s'étirant. Mais j'ai pensé qu'elle avait besoin d'une présence. Et comme tu étais si belle dans ton sommeil, je n'ai pas voulu te déranger.

Dans son geste, son peignoir s'était ouvert, révélant son torse nu et hâlé et son caleçon de soie noire.

Megan sentit son pouls s'accélérer.

— Tu aurais dû me réveiller. C'est mon rôle d'être auprès d'elle.

— C'est aussi le mien, répondit-il avec une lueur d'avertissement au fond des yeux. Nous partageons cette responsabilité, maintenant.

— Ça te va bien de dire ça, alors que tu veux employer une nurse. Quelle hypocrisie !

— Il le faut. Je le fais pour nous.

— Oh ! depuis le temps que tu dis ça… Mais je ne suis pas de ton avis. J'aime m'occuper de ma fille et je ne veux pas qu'une inconnue le fasse à ma place.

— Inutile de discuter. J'ai déjà dit tout ce que j'avais à dire sur le sujet, répliqua Luigi avant de gagner la porte.

Il disparut sans ajouter un mot.

Charlotte s'éveilla peu après. Quand elles descendirent pour le petit déjeuner, Luigi était déjà parti.

— Monsieur m'a chargé de vous dire qu'il rentrerait dans deux heures, annonça William. Il avait une affaire urgente à régler.

Comme toujours, pensa Megan avec amertume.

Pourtant, contre toute attente, il rentra dans le délai annoncé. Une jeune femme élégante à la longue chevelure blonde l'accompagnait. Grande, mince, très belle…

Serena ! songea Megan. Comment osait-il l'amener ici ?

Elle se trouvait dans le parc avec Charlotte à faire un autre bonhomme de neige. Luigi s'approcha, tout sourire.

— Megan, je te présente Kate Swift, la nurse de Charlotte. Kate, ma femme Megan. Et voici ma fille, déclara-t-il avec fierté.

Megan en resta bouche bée. Puis, consciente qu'elle devait avoir l'air stupide, elle serra la main de la jeune femme avec froideur.

— Je ne savais pas que vous commenciez aujourd'hui.

— J'ai pensé que ce serait une bonne idée, intervint Luigi.

Megan devinait aisément ses raisons. Il refusait que Charlotte interrompe de nouveau leurs ébats. Avec une nurse à portée de main et disponible jour et nuit, le problème était résolu. Quel mufle ! S'il pensait qu'elle allait abandonner sa fille aux mains d'une étrangère, il se trompait.

— Et tu es Charlotte ? s'enquit Kate en se baissant vers l'enfant. Bonjour. Quel magnifique bonhomme de neige ! C'est toi qui l'as fait ?

Charlotte avait mis son pouce dans sa bouche et agrippait la main de sa mère. Elle regardait la souriante visiteuse d'un air craintif.

— Elle est timide avec les adultes qu'elle ne connaît pas, expliqua Megan d'un ton abrupt.

— Je pense que nous devrions entrer et laisser Kate s'installer, annonça Luigi d'un ton enjoué.

— Nous avons notre bonhomme à finir, déclara Megan.

Elle était furieuse. Luigi n'avait pas le droit d'amener cette femme ici sans la prévenir.

— C'est qui la dame ? demanda Charlotte dès que son père et Kate eurent disparu à l'intérieur du manoir.

Megan prit une profonde inspiration avant de répondre :

— Elle vient aider maman à s'occuper de toi, mon chou.

— Je veux pas d'elle ! Seulement toi, s'écria Charlotte. Et papa, ajouta-t-elle après coup.

— Nous serons toujours là, ne t'inquiète pas, ma puce. Mais quelquefois, si papa et moi devons sortir, c'est Kate qui te gardera.

— Elle jouera avec moi ? Dans la neige aussi ?

— Bien sûr.

— Est-ce qu'elle me lira des histoires le soir ?

Megan sentit son cœur se serrer.

— Je continuerai à les raconter. Quand tu es couchée et que je te lis un livre, c'est le meilleur moment de la journée, tu ne trouves pas ?

— Oh ! oui !

Sur cette réponse enthousiaste, Charlotte se remit à

jouer. Vers la fin de la journée, elle avait accepté Kate, et Megan dut admettre que la jeune femme s'y prenait plutôt bien avec elle. Cela ne changeait rien au fait qu'elle tolérait difficilement sa présence.

Kate et elle s'opposèrent au moment du bain de Charlotte, la jeune femme faisant valoir que cela faisait partie de son travail. Mais Megan ne céda pas.

Dès que Charlotte fut couchée, Kate se retira dans sa chambre. Luigi avait réservé pour elle la suite juste en face de la chambre de l'enfant, afin qu'elle soit le plus près possible de sa petite protégée en cas de besoin. Encore une chose que Megan n'approuvait guère.

Vint l'heure du dîner. Megan restait silencieuse, en proie à une colère contenue.

— Pourquoi ne vides-tu pas ton sac tout de suite ? dit-il.

Elle ne se fit pas prier.

— Tu savais que je ne voulais pas d'une nurse pour Charlotte. C'est pour ça que tu m'as mise devant le fait accompli ?

— Kate ne te plaît pas ?

— Ça n'a rien à voir, répliqua-t-elle. Tu as agi derrière mon dos !

— Nous en avions déjà discuté.

— Tu veux dire que tu m'as annoncé ta décision. Mon avis ne comptait pas. Tu n'es qu'un mufle, Luigi ! Je me demande ce que je te trouvais autrefois. Et franchement, je ne sais pas ce que je fais ici. J'ai commis la deuxième plus grosse erreur de ma vie après celle de t'avoir épousé. Je ne supporte même pas de dîner avec toi ! lança-t-elle en repoussant son assiette avant de se lever.

Elle l'entendit ravaler son souffle, puis en une seconde il fut près d'elle, l'agrippant par les épaules.

— Tu ne penses pas ce que tu dis, déclara-t-il avec hargne.

— Ah non ?

— Bien sûr que non, poursuivit-il. Tu sais au fond de toi que c'est la meilleure solution. Nous avons besoin de nous réserver du temps. Et une fois que Charlotte sera habituée à Kate, nous partirons pour quelques jours, juste toi et moi. Ça nous fera du bien.

— Partir et laisser ma fille ? s'exclama Megan d'une voix aiguë. Jamais !

— *Notre* fille, corrigea-t-il d'un ton sévère. Rassure-toi, elle est entre de bonnes mains. Mais nous devons essayer de mettre de l'ordre dans notre vie, Megan.

— Tu as organisé ça sans me consulter une fois de plus ? Tu penses que maintenant que tu m'as attirée chez toi tu vas pouvoir faire ce que tu veux. Eh bien, j'ai peur que tu ne sois surpris. Je suis plus dure que tu le crois. Continue comme ça et je m'en vais !

L'étau sur ses épaules se resserra. Il lui faisait mal.

— Ce sera à tes risques et périls, la menaça-t-il. Encore une fois, je fais ça pour notre bien. Comment veux-tu que nous remettions notre couple sur les rails avec un enfant constamment dans nos jambes ?

— C'est comme ça que tu considères Charlotte ? vitupéra Megan. Comme un paquet encombrant ? Comment oses-tu ? Tu devrais être fou de joie de l'avoir près de toi. Il serait temps que tu essaies de mieux la connaître.

— Il faut d'abord améliorer notre relation avant que j'essaie de m'entendre avec Charlotte, répliqua-t-il. Bien sûr que j'aime ma fille et que je suis fier d'elle. Elle apporte tant de vie dans cette maison. Mais nous devons sauver notre mariage, Megan.

— C'est un peu fort, venant de toi. C'est toi qui as laissé tomber notre mariage. Et pour être tout à fait franche, je ne trouve pas que tu aies changé. Ta réponse, c'est de payer quelqu'un pour faire les corvées, même quand il s'agit de s'occuper de ta fille. C'est affligeant !

Avec toute la force que lui donnait le désespoir, Megan

réussit à s'arracher à son étreinte. Cependant, elle refusa de quitter la pièce. Elle se tint à quelque distance et le fixa d'un air venimeux.

Les yeux de Luigi formaient deux fentes où se reflétait la lumière des lustres. Sous l'effet de la colère, son corps était tendu et sa bouche n'était qu'un pli dur.

— Ça suffit ! Je t'ai dit que nous partirions en voyage et c'est mon intention.

— Et si je ne veux pas venir ? Charlotte n'a jamais été séparée de moi, lui opposa-t-elle. Et je ne vais pas la laisser si je sens que cela risque de la contrarier.

Luigi s'efforça de balayer ses doutes.

— Nous lui laisserons le temps de s'habituer à Kate. Comme nurse, elle a les meilleures recommandations. Je ne pense pas que nous ayons un problème de ce côté-là.

— Tu lui verses le meilleur salaire sans doute, jeta Megan. Avec toi, c'est toujours une question d'argent.

— Est-ce un crime de vouloir améliorer son train de vie ?

— Non, mais il y a des limites. Es-tu vraiment heureux dans ce mausolée ? dit-elle en ébauchant un geste large qui englobait le manoir tout entier. Tu aimes voir les gens courir pour satisfaire tes caprices ? C'est tout le plaisir que l'argent t'apporte ? Désolée, mais pour moi le plaisir n'est pas là.

La tête penchée de côté, il la dévisagea pensivement.

— Alors, dis-moi où tu trouves ton plaisir, Megan.

Elle s'empourpra, consciente d'être prise à son propre piège.

Luigi marcha résolument vers elle.

— Non, ne dis rien, reprit-il d'une voix sourde. Laisse-moi te montrer.

Et avant qu'elle ait eu le temps de prévoir son geste, Megan se retrouva dans ses bras et ses lèvres s'entrouvrirent d'elles-mêmes sous la bouche de Luigi.

Elle savait qu'elle devait protester et le repousser. Au lieu de ça, comme une sotte, elle laissa ses sens prendre le dessus et se délecta des sensations que lui procurait le corps viril de Luigi pressé contre le sien. Elle voulait même davantage. Elle le voulait, lui ! Des signaux d'alerte s'allumèrent dans son cerveau, qu'elle choisit d'ignorer.

Luigi avait parlé de rattraper les années perdues. Pour elle, c'étaient les moments où ils avaient fait l'amour qui lui avaient manqué. Etait-ce si étonnant qu'elle n'ait eu aucune aventure depuis ? Aucun homme n'était capable de l'enflammer comme lui.

L'embrasser était peut-être la pire chose à faire, pensa Luigi. Mais elle n'aurait pas dû le provoquer avec ses sarcasmes. Et elle avait été si belle, dans la colère ! Comment aurait-il pu résister ? Cette question en amenant une autre, il se demanda pourquoi il n'avait pas fait plus d'efforts pour la retrouver. Il s'était comporté comme un imbécile ; un imbécile aveugle qui avait cru que s'immerger dans le travail était la réponse à tous les maux.

A présent, il devait se rattraper. Il était conscient que ce serait long et difficile et qu'il ne devait rien précipiter, même si parfois, et c'était le cas en cet instant, elle semblait vraiment accepter ses avances.

A contrecœur, il s'écarta et recula d'un pas. Megan parut surprise et déçue, constata-t-il. Excitée, aussi. S'il avait poussé plus loin son avantage, il l'aurait entraînée dans son lit facilement. Et ce n'était pas l'envie qui lui en manquait ! Dieu merci, il s'était arrêté à temps. Cela prouverait à Megan que le sexe n'était pas la seule chose qui comptait pour lui dans leur relation.

— Si nous finissions de dîner ? suggéra-t-il d'un ton bourru.

— Je n'ai pas faim.

Lui non plus. Il n'avait faim que d'elle. Bientôt, ils formeraient de nouveau un couple heureux, et peut-être auraient-ils un autre enfant. Ce serait merveilleux pour Charlotte. Ce n'était qu'une question de temps, se persuada-t-il.

Megan était presque endormie, cette nuit-là, quand elle entendit qu'on ouvrait lentement la porte de sa chambre. D'abord, elle pensa qu'elle était en train de rêver, puis elle distingua la haute silhouette de Luigi dans l'embrasure.

Elle se redressa, en proie à un mélange de désir et de crainte, et alluma la lampe de chevet.

— Que fais-tu ici ?

Il s'avança et s'arrêta au bord du lit.

— J'ai une question à te poser.

Le cœur de Megan manqua un battement. Car ce n'était pas du désir qu'elle lisait dans son regard. Non, ce qu'elle voyait à la place la glaça dans tout son être.

7.

— Je viens de découvrir que tu ne m'avais pas dit toute la vérité ! jeta-t-il.

Megan fronça les sourcils. Jamais il ne s'était adressé à elle d'un ton aussi farouche. Elle en eut la chair de poule.

— De quoi parles-tu ?

— De cette liaison que tu as eue avec un autre, répondit-il avec hargne. Tu m'as menti !

— *Quoi ?*

Bondissant du lit, Megan attrapa son peignoir.

— Grands dieux, avec qui ? D'où tiens-tu cette ineptie ?

— De ton cher Jake lui-même, figure-toi, assena Luigi.

— *Jake ?* Quand lui as-tu parlé ? Jenny ne m'a pas appelée pour me prévenir qu'ils étaient rentrés.

— Ils sont de retour, tu peux me croire, lui apprit-il. Je leur ai téléphoné.

— Mais… Pour quoi faire ? s'étonna Megan, de plus en plus perplexe.

— Je tenais à m'assurer que ton amie ne se trouvait pas dans le besoin du fait de ton départ.

— Et tu as parlé à Jake. C'est lui qui t'a dit que nous avions eu une aventure ?

Megan essayait désespérément de comprendre. Pourquoi Jake aurait-il raconté une chose pareille ? C'était faux.

— Il a laissé entendre que vous étiez des amis avant

qu'il ne connaisse Jenny. Il a insisté sur le mot « amis » et j'ai compris ce qu'il essayait de me dire.

— Donc, il ne t'a pas dit ça textuellement ?

— Inutile. J'ai saisi le message.

Quel malentendu ! pensa Megan. Elle avait en effet fait la connaissance de Jake avant Jenny. Elle travaillait avec lui depuis son arrivée à Londres et, les premiers temps, il l'avait épaulée. Mais il n'y avait jamais rien eu entre eux, même si Jake n'aurait pas dit non. Pour sa part, elle n'avait pas été prête à s'engager avec un autre homme. Un jour qu'il la raccompagnait chez elle pour lui emprunter un CD, Megan lui avait présenté sa colocataire. Elle s'était réjouie quand, quelque temps plus tard, Jenny et lui avaient noué une relation sérieuse.

— Même si j'ai eu d'autres hommes pendant notre séparation, je ne vois pas en quoi ça te gêne, déclara-t-elle froidement.

— Je te rappelle que tu es ma femme, gronda Luigi.

Ses yeux sombres étincelaient à la lumière de la lampe de chevet. Son visage était rude, anguleux… et très séduisant. Luigi gardait au fond de lui cette possessivité des Italiens au sang chaud. Si ce tempérament l'avait charmée à une certaine époque, reconnut-elle, à présent il la glaçait jusqu'à l'âme. Ce qu'elle recherchait avant tout chez un homme, c'était un amour sincère et dévoué. Or, Luigi était un être égocentrique qui ne lui avait pas accordé d'attention pendant les trois années qu'avait duré leur mariage. Quant à l'amour, il ne faisait sans doute pas partie de ses priorités. En fait, elle se demandait s'il connaissait le sens de ce mot.

— Ta femme ? Certainement pas ! Tu as tout gâché en préférant ton travail à notre mariage.

— Je l'ai fait pour *nous* !

— C'est ce que tu dis toujours. Mais ce n'est pas ce que je voulais, moi.

— Et ton Jake, il te donnait ce que tu voulais ? s'enquit-il d'un ton furieux.

— S'il te plaît, Luigi…

Il se pencha vers elle et son regard se durcit dangereusement.

— Je ne veux pas qu'un autre te touche. Tu peux le nier autant que tu voudras, mais tu es ma femme et tu le resteras toute ta vie.

Dit comme ça, cela ressemblait à une sentence de mort, pensa Megan. Cela la rendit folle et elle eut envie de le frapper. Mais par crainte de réveiller Charlotte elle garda un calme de façade.

— Un mariage ne se construit pas sur des menaces, ni avec un mari absent, vitupéra-t-elle. Et si tu ne supportes pas l'idée que j'aie pu avoir une aventure avec Jake, je déménage immédiatement.

— *Non !*

Alertée par le ton de sa voix, Megan jeta un coup d'œil inquiet vers la porte de communication.

— Je t'ai dit que tu ne partirais pas, ajouta-t-il.

— Si tu ne changes pas tes manières, tu ne me retiendras pas. Et tes menaces n'y feront rien.

— Et moi, j'apprécierais que tu fasses des compromis.

— Pourquoi en ferais-je ? le défia-t-elle en redressant le menton. Tu agis comme un tyran et j'en ai plus qu'assez.

— Un tyran ? répéta-t-il, outré. Ma parole ! Tu perds le sens des réalités. Si tu redescendais sur terre de temps en temps, tu t'apercevrais que j'ai changé.

— Alors, il faut croire que je suis aveugle, répliqua Megan. Avons-nous terminé cette discussion ? J'aimerais vraiment aller dormir, maintenant.

— Oui, elle est terminée, mais je ne suis pas satisfait, lança-t-il.

— Parce que je n'ai pas nié avoir eu une aventure avec Jake ? répondit Megan d'un ton provocateur. Est-ce que je me tracasse au sujet des filles que tu as mises dans ton lit pendant que j'étais occupée à élever ton enfant ? Nous avions toute liberté d'action, à l'époque. A quoi bon remuer le passé ?

Pour toute réponse, Luigi ouvrit la porte d'un geste brusque et sortit. Megan s'attendait à ce qu'il claque le battant derrière lui. Mais il n'en fit rien et elle en fut soulagée.

Luigi avait eu l'intention de lui arracher la vérité, mais il se rendait compte qu'il avait perdu la partie. Megan était plus coriace qu'il ne l'avait cru. Résultat des courses : il ne savait toujours pas si oui ou non elle avait couché avec ce Jake. Cette pensée le rendait fou et il était incapable de dormir.

Pour finir, il enfila un peignoir et descendit dans son antre. Il s'installa devant son ordinateur avec l'intention de travailler, mais il y renonça au bout de quelques minutes.

Bon sang ! Il était incapable de se concentrer. Il gardait devant les yeux l'image de Megan, s'opposant à lui comme une tigresse.

Comment avait-il résisté à l'envie de la prendre dans ses bras ? Franchement, il n'en savait rien. Elle avait le teint empourpré et les cheveux ébouriffés et ne portait rien sous sa nuisette en coton… Rien d'étonnant à ce qu'il ait été excité. Il avait voulu lui faire l'amour pour oublier ce que Jake avait sous-entendu au téléphone et il était déchiré qu'elle l'eût rejeté. Etait-il aussi terrible qu'elle le disait ? Un tyran ?

Il alla prendre une bouteille de whisky dans le minibar et s'en versa une généreuse rasade qu'il avala d'un trait. De nouveau, il remplit son verre, mais cette fois il reprit sa place derrière le bureau et le fit tourner entre ses doigts d'un air absent.

Il avait beau ressasser la situation, il ne voyait aucune issue. Il but son whisky et, dans un accès de fureur, il lança le verre à toute volée dans la cheminée, où il se brisa en mille morceaux.

L'instant d'après, la porte s'ouvrit et Megan apparut, pâle et effrayée, serrant son peignoir sur sa nuisette. *Cette nuisette sous laquelle elle ne portait rien...*

Ce fut la première pensée qui pénétra l'esprit embrumé de Luigi. Puis il se demanda ce qu'elle faisait là. Venait-elle se faire pardonner d'avoir été aussi dure ?

Il sentit son corps vibrer, dans l'expectative.

Le regard de Megan se posa sur lui, puis sur les fragments de verre dans la cheminée. Son front était plissé.

— Toujours en colère au sujet de Jake, à ce que je vois.

Bon sang ! Elle n'était pas supposée dire ça, pesta Luigi intérieurement. L'espoir qui s'était emparé de lui disparut aussitôt.

— Que fais-tu ici ? demanda-t-il d'un ton bourru.

— J'allais dans la cuisine chercher un verre de lait.

— N'est-ce pas plutôt ta conscience qui te torture ? jeta-t-il, cynique.

— Pas autant que la tienne apparemment, riposta-t-elle en s'écartant de la porte.

— Attends ! s'écria Luigi sur une impulsion.

— Pour quoi faire ? Entamer une nouvelle dispute ? Non, merci.

Cette fois, Megan s'éloigna pour de bon. Mais Luigi n'était pas disposé à la laisser partir.

— Megan, je t'en prie. Reviens et parle-moi.

Elle parut hésiter et se tourna à demi vers lui. Luigi en profita pour essayer de la convaincre.

— Puisque nous sommes tous deux éveillés, autant nous tenir compagnie.

La voyant prête à fuir de nouveau, il leva les mains en signe d'apaisement.

— Je n'ai pas envie d'être seul ce soir, c'est tout.

Il avait conscience d'exposer ses faiblesses comme jamais. Il aimait donner de lui l'image d'un homme capable de tout maîtriser et d'habitude il y parvenait. Seule Megan parvenait à installer le doute en lui. Le doute et le désespoir.

— Tu veux dire que tu pourrais casser d'autres verres ? demanda-t-elle. Tu les jettes en pensant à moi ou est-ce par dégoût de toi-même ?

Luigi ébaucha une grimace, refusant de lui dire que sa deuxième option était la bonne.

— Je pensais que nous pourrions juste apprécier d'être ensemble. Mais si c'est trop te demander…

Il la vit hésiter de nouveau, puis elle capitula.

— Très bien. Mais j'ai toujours envie d'un lait chaud. Et toi ?

Par-dessus le whisky ? Bah, si ça pouvait lui permettre de la retenir…

— Bonne idée. Tu veux que… ?

— Non. Je n'en ai pas pour longtemps.

Il la regarda s'éloigner, son petit postérieur se balançant joliment à chaque pas.

Les sens exaltés, Luigi comprit qu'il avait eu tort de l'inviter. Il ne pourrait pas la toucher, pas quand il existait un si grand fossé entre eux. Il faudrait des jours, des semaines peut-être, pour les rapprocher et il n'était pas particulièrement patient.

Le mieux était qu'ils se parlent à cœur ouvert, décida-t-il. Et à cette heure, au milieu de la nuit, c'était probablement le meilleur moment. Sans Charlotte pour les interrompre, sans coups de téléphone intempestifs.

Une vague de désir déferla en lui. Comment allait-il rester assis là, sachant qu'elle était nue sous sa nuisette blanche ? Cela risquait d'être la pire des tortures.

Megan revint, chargée d'un plateau où elle avait disposé

deux tasses, le sucrier et une assiette de biscuits maison. Mais tout ce qu'il avait envie de savourer, c'était son corps. Elle réagissait avec une fougue sauvage quand il aspirait, suçait, mordillait les pointes de ses seins. Il voulait la sentir fondre contre lui, respirer sa peau parfumée, la caresser sans fin et chercher sa moiteur jusqu'à ce qu'elle fût prête pour lui.

Elle s'assit dans l'autre fauteuil et il la regarda grignoter un biscuit. Il faisait chaud dans la petite pièce. Il avait attisé le feu et une belle flambée crépitait joyeusement. Megan avait entrouvert son peignoir. L'envie de défaire le ruban qui fermait sa nuisette le titillait. Elle était sa femme, après tout. Il voulait la voir nue, pas couverte comme une nonne.

Frustré, il prit sa tasse et la garda entre ses paumes. Une piètre compensation, quand il rêvait de soupeser ses seins provocants qui saillaient sous le coton blanc. En désespoir de cause, Luigi ferma les yeux.

— Tu es fatigué ? demanda-t-elle. Veux-tu que je m'en aille ?

Sa question lui fit rouvrir aussitôt les paupières.

— Non. Je réfléchissais.

— A quoi ? A nous ?

Luigi haussa les épaules.

— Quelle importance, puisque tu es déterminée à partir.

— Qu'est-ce que tu racontes ? Je ne suis pas déterminée à quoi que ce soit.

— Je n'ai pas l'impression pourtant que tu veuilles qu'on fasse la paix.

— Avant d'en arriver là, nous devons résoudre nos difficultés, déclara Megan. Si nous commencions par en parler ?

— C'est ce que j'essaie de faire.

Elle haussa les sourcils en signe d'étonnement.

— Ah bon ?

Luigi vit rouge. Bon sang ! Elle se moquait de lui. Ce n'est qu'au prix d'un vaillant effort qu'il parvint à garder son calme.

— Tu es tellement persuadée que je suis le méchant dans l'histoire que tu refuses de voir que j'ai changé.

— J'ai remarqué que tu ne passais plus autant de temps à ton travail, c'est vrai, reconnut-elle. Mais comme ce sont les vacances de Noël, ça ne prouve rien.

— Ai-je déjà pris des congés à Noël ?

— Une fois, la première année de notre mariage. Nous avions passé un merveilleux Noël.

Ses yeux se mirent à briller à cette évocation et Luigi eut l'impression de retrouver la jeune femme d'autrefois, celle qui l'avait irrémédiablement envoûté.

— Par la suite, reprit Megan, tu n'étais libre que le jour de Noël. Et même ce jour-là, tu étais d'une humeur massacrante.

En y repensant, Luigi admit qu'il s'était montré assez injuste envers elle ; mais pas autant qu'elle l'affirmait.

— Donc, tu vois que je fais mon possible maintenant pour rester avec toi, souligna-t-il.

— Pour combien de temps ?

— Avec ton aide, et si tu ne montes pas sans cesse sur tes grands chevaux, ce sera pour toujours, répondit-il. Je veux que notre couple fonctionne. Tu es toute ma vie. Sans toi, elle n'a aucun sens.

Les yeux de Megan s'arrondirent de surprise.

— Tu ne m'as jamais dit ces choses-là, murmura-t-elle.

— Je pensais que tu le savais.

— Comment veux-tu que je sache quoi que ce soit si tu ne me dis rien ?

Elle ignorait donc qu'il l'aimait ? Comment était-ce possible ? Elle devait forcément s'en douter. Pourquoi insisterait-il pour renouer, sinon ? Il y avait bien une façon de lui montrer à quel point il l'aimait. Si seulement elle voulait l'y autoriser…

Puis il se ravisa. Ce n'était pas encore le bon moment.

Megan buvait son lait, tout en fixant les flammes d'un air absent. Elle était si belle, assise là… La lueur des braises réchauffait son visage et en adoucissait les ombres. Il l'imaginait dans cette position quand, jeune mère, elle avait allaité leur fille. Comme il aurait aimé être là…

Une vague d'amertume le submergea et il se demanda s'il avait eu une bonne idée de l'inviter pour passer un peu de temps en sa compagnie. Tout à coup, il lui en voulut beaucoup.

Il reposa sa tasse sur la table basse avec fracas.

Megan l'imita.

— J'ai sommeil, maintenant, dit-elle.

— Je pense que je vais monter me coucher aussi, déclara-t-il en se levant. Avant, je vais m'occuper du feu.

Ce n'était pas de cette façon qu'il avait prévu de finir la nuit, mais elle ne lui laissait pas le choix.

— Bonne nuit, Luigi.

Elle était si formelle ! Pas de baiser, pas un geste qui eût signifié qu'il comptait pour elle. Pourtant, il aurait juré qu'elle le désirait autant qu'il avait envie d'elle.

— Bonne nuit, répondit-il.

Trop tard… Elle avait quitté la pièce et il l'entendit monter l'escalier en courant.

Un peu plus tard, il regagna sa chambre d'un pas lourd.

8.

En entrant dans la chambre de Charlotte, le lendemain, Megan eut la désagréable surprise de constater que son petit lit était vide. Il lui fallut quelques secondes pour se rappeler qu'il y avait maintenant une nurse pour s'occuper de sa fille.

Elle soupira. La première chose qu'elle aimait faire le matin, c'était de câliner Charlotte encore ensommeillée, de respirer sa peau de bébé, de caresser ses cheveux ébouriffés. On n'avait pas le droit de la priver de ce moment privilégié.

Encore une raison d'en vouloir à Luigi !

Elle prit une douche rapide, puis enfila un pull rouge et un pantalon fuseau noir. Une fois prête, elle descendit se mettre en quête de Charlotte.

Elle ne trouva que Luigi, occupé à prendre son petit déjeuner.

— Bonjour !

Son sourire eut sur Megan un effet dévastateur. Des frissons électriques coururent le long de son dos. Attention, s'intima-t-elle. Luigi savait charmer ses sens comme personne, mais elle ne devait pas tomber dans ce piège. La nuit dernière, en dépit des paroles dures qu'elle avait prononcées, elle l'avait désiré comme une folle en espérant qu'il lui ferait l'amour devant le feu de cheminée. Mais elle avait besoin de savoir qu'il avait réellement changé avant de succomber à ses sentiments.

— Bonjour, répondit-elle. Où est Charlotte ?

— Dans le parc, avec Kate. Elles profitent du beau temps.

Il est vrai que la journée promettait d'être ensoleillée, constata-t-elle.

— Qu'est-ce qui te tracasse, Megan ? Tu as de nouveau ce froncement de sourcils qui effraierait le plus farouche prédateur.

Il y avait une note amusée et nonchalante dans sa voix. C'était bon de le voir si détendu, pensa-t-elle. Peut-être changeait-il vraiment ?

— Alors, je suppose que c'est toi le prédateur, puisqu'il n'y a personne d'autre, répondit-elle en se déridant.

— Et tu es ma proie ? dit-il, satisfait de cette image.

Megan s'empressa de dévier la conversation.

— Le café est encore chaud ?

Elle prit conscience que le regard de Luigi s'attardait sur le galbe de ses seins, moulés par le pull de laine rouge. Elle sentit leurs extrémités se dresser, et le reste de son corps fut envahi d'une chaleur soudaine.

Vivement, Megan s'assit pour cacher son trouble. C'était de la folie. Comment allait-elle continuer à lui résister ?

— Oui, mais Amy sait que tu préfères le thé. Elle est allée t'en chercher, répondit Luigi.

— C'est très aimable à elle.

— Que veux-tu manger ?

Se levant, il se dirigea vers le chauffe-plat posé sur le buffet et souleva les cloches en argent.

— Bacon ? Saucisses ? Tomates ? Œufs ?

Il portait un pull jaune en cachemire rehaussant son teint hâlé et un pantalon gris qui soulignait ses hanches étroites. Comme il était séduisant…

— Des toasts et de la marmelade, ça m'ira, merci, dit-elle en mettant fin à son discret examen.

— C'est tout ? Tu ne vas quand même pas gâcher toute cette bonne nourriture ?

— Tu sais que je ne mange pas beaucoup le matin. En fait, non, tu ne le sais peut-être pas. Tu étais toujours trop pressé pour prendre ton petit déjeuner avec moi.

Elle avait parlé sèchement, mais ça l'agaçait de voir qu'il était toujours capable de l'exciter d'un regard.

— C'est ce qui se passe dans la plupart des couples, fit-il valoir. Mais tout ça, c'est du passé. Tu ne travailles plus et j'ai décidé de ne plus partir si tôt. Donc, rien ne nous empêche de prendre notre petit déjeuner ensemble tous les matins.

Il vint se rasseoir et poussa vers elle la marmelade et le beurre.

— Attends une minute, l'interpella Megan. Je n'ai pas encore démissionné de mon poste. Je suis juste en congé pour Noël.

— Ah, j'ai oublié de t'en parler. J'ai téléphoné à ton entreprise et je leur ai dit que tu ne reprendrais pas le travail.

— *Quoi ?* s'exclama-t-elle, outrée. Tu n'avais pas le droit de faire ça. Et comment as-tu appris où je travaillais ? C'est Jake qui te l'a dit ?

— Est-ce important ?

Oui, ça l'était, pensa Megan avec colère. Où était le sens de la loyauté de ses amis ? A présent sans travail, elle était bien obligée de rester chez Luigi — ou du moins jusqu'à ce qu'elle retrouve un autre emploi et un logement pour elle et Charlotte. Plus elles resteraient ici, plus sa fille s'habituerait. Et plus dur ce serait de partir.

— Je te déteste, Luigi Costanzo !

Il sourit, nullement impressionné.

— Tu sais que tu es belle quand tu es en colère ?

A cet instant, Amy entra, chargée d'une théière. En entendant les dernières paroles de Luigi, elle esquissa un sourire heureux. Puis elle s'éclipsa en direction de la cuisine.

— J'ai l'impression qu'Amy t'approuve, déclara Luigi.

— Je me moque de ce qu'elle pense de moi, riposta Megan. Tu n'avais pas le droit de prendre cette décision. Tu essaies de faire de moi ta prisonnière, mais ça ne marchera pas !

— Ma prisonnière, certainement pas. Tu es ma femme, ma superbe épouse. Le rouge te va bien et rend ton teint lumineux.

— La flatterie ne te mènera nulle part, répliqua-t-elle d'un ton froid.

Elle se versa une tasse de thé et prit un toast. Pour une fois, elle avait envie qu'il la laisse seule. Mais Luigi n'était pas pressé d'aller travailler. Il donnait même l'impression de vouloir rester là toute la journée.

— C'est la Saint-Sylvestre, lui rappela-t-il.

Megan acquiesça d'un signe de tête indifférent. Ce serait pour elle un nouveau jour de supplice, étant donné les circonstances.

— J'organise une petite réception pour le réveillon, reprit Luigi.

Elle le regarda, stupéfaite.

— Une réception ? Ici ?

Elle avait du mal à imaginer Luigi célébrant le nouvel an, et encore plus chez lui. Cela perturberait trop son cher travail.

— Oui, il est temps de mettre un peu de vie dans cette maison, expliqua-t-il. Tu as dit qu'elle ressemblait à un mausolée et c'est ce qui m'a décidé.

— Qui comptes-tu inviter ?

— Mes relations d'affaires, des collègues, des amis, des voisins. Tous ceux qui voudront venir.

— Et tu n'as pas pensé à m'en parler avant ? demanda Megan d'un ton aigre-doux.

— Je voulais te faire la surprise.

— Mais ç'en est une ! Qui se charge de l'organisation ?

— Edwina et William pour les préparatifs ici. Serena pour les invitations…

— *Serena !* s'exclama Megan en lâchant son toast. Pourquoi elle ? Cette tâche devrait me revenir.

Il aurait mérité qu'elle lui jette le contenu de sa tasse à la figure ! Serena par-ci, Serena par-là…

— Tu ne connais encore personne, ma chérie. L'année prochaine, c'est toi qui dresseras la liste des invités.

Si elle était encore là…, pensa Megan avec cynisme.

— Tu ne dois pas te sentir menacée par Serena, reprit Luigi. Elle sait que tu fais partie de ma vie et qu'il n'y a pas de place pour elle.

— Vraiment ?

Megan ne pouvait s'empêcher de douter. Après tout, il ne lui avait pas dit qu'il l'aimait. Or, c'étaient ces mots-là qu'elle rêvait d'entendre. *Tu fais partie de ma vie…* Est-ce que ça avait du sens ? Il pouvait en dire autant de n'importe qui. Ça valait pour Edwina, Amy, William et maintenant Kate.

— Oui, vraiment, répondit-il. Tu pourras le constater demain. Elle viendra assez tôt pour inspecter les derniers détails. Je…

— Non ! Cette femme ne fera rien à ma place. Je veillerai à tout. Et je ne te laisserai pas tomber, ajouta-t-elle en voyant la surprise et le doute sur les traits de Luigi.

— En fait, tu es jalouse.

— Pas la peine de te flatter, rétorqua Megan. Tu ne devrais pas mêler tes affaires et ta vie privée. Serena fait ce qu'elle veut au bureau, mais pas ici.

Luigi haussa les épaules.

— Très bien. Je m'en remets à toi.

— Combien d'invités attends-tu ?

— Une cinquantaine.

C'était plus qu'elle n'avait pensé, mais la salle de bal pourrait contenir tout le monde, se dit-elle en s'attaquant sans tarder à sa mission. Il lui fallait consulter Edwina au plus vite et discuter avec elle de l'organisation.

A cet instant, Charlotte fit irruption dans la pièce.

— Maman, maman ! On va faire une fête.

Megan la reçut dans ses bras et l'embrassa.

— Ce n'est pas une fête pour les enfants, mon poussin.

Charlotte ouvrit la bouche et ses lèvres se mirent à trembler.

— Mais si tu es très sage, peut-être que papa et moi nous te laisserons rester un peu. Il faut lui demander, ajouta Megan en la déposant à terre.

A son tour, Luigi souleva la petite fille dans ses bras.

— Oui. Une heure, pas plus.

— On aura de la gelée à la fraise et des glaces ?

— Ce n'est pas ce genre de fête, princesse, répondit son père. Les gens parlent entre eux, boivent du champagne et dansent. A minuit, tout le monde chante et...

— Elle est trop petite pour comprendre ça, intervint Megan. Il n'y aura pas d'enfants, ma puce. Que des grandes personnes qui feront des choses ennuyeuses.

— Alors, j'ai pas envie de venir, fit Charlotte, déçue. Tu viendras quand même me lire une histoire, maman ?

— Bien sûr, j'aurai toujours du temps pour toi, mon lapin.

— Et toi, papa, tu liras aussi pour moi ?

Megan retint son souffle en attendant la réponse de Luigi. Pourvu qu'il ne rejette pas Charlotte...

— Seulement si tu me dis quelle histoire je dois raconter, répondit-il.

— Oh ! oui ! Celle de la petite fille qui fait du toboggan sur l'arc-en-ciel, dit Charlotte, ravie.

— D'accord. Mais il faudra que tu m'aides, parce que je ne sais pas très bien raconter les histoires aux enfants.

— Maman t'expliquera.

Megan se força à sourire. La perspective d'être assise auprès de Luigi et de lire ensemble pour leur fille aurait dû l'emplir de joie, mais ce n'était pas le cas. Parce qu'il n'y mettrait pas tout son cœur. Il avait accepté uniquement parce que Charlotte le lui avait demandé.

Dès qu'il fut parti pour se rendre à son travail, elle se mit en quête d'Edwina. Elle trouva la cuisinière dans la salle de bal en compagnie de William. Tous deux décoraient la pièce avec des branches de gui et de houx cueillis dans le parc et Edwina semblait folle de plaisir.

— Il y a bien des années que je n'ai plus vu de fêtes ici, dit-elle. Et même longtemps avant que M. Luigi n'achète le manoir. Oh ! comme ce sera bon de voir cette vieille maison revivre !

Megan s'investit pleinement dans les préparatifs. Même Charlotte aida, sous la surveillance bienveillante de Kate. Edwina cuisinait depuis des jours et seuls les produits frais livrés en dernier étaient à préparer. Le champagne et les vins fins arrivèrent par caisses. Il y avait au moins de quoi réveillonner une année entière, pensa Megan en se laissant gagner par l'esprit de la fête.

Le jardinier vint prêter main forte à William et Amy fut réquisitionnée dans la cuisine. Malgré l'effervescence et le désordre, tout était prêt quand Luigi rentra. Il prit place dans la salle à manger où Megan faisait dîner Charlotte. Puis Kate prit le relais.

Une fois Charlotte couchée, Megan vint s'asseoir au bord du petit lit avec Luigi et, à tour de rôle, ils lui lurent son histoire préférée.

Elle fut impressionnée par la prestation de Luigi. Elle s'était attendue à un discours monotone ; au lieu de ça, il prenait une intonation différente pour chaque personnage.

Elle lui en fit la remarque dès que Charlotte fut endormie.

— Si on m'avait lu des histoires quand j'étais enfant, répondit-il, je suppose que c'est comme ça que j'aurais aimé qu'on me les raconte.

Le cœur serré, Megan se rappela l'enfance terrible qu'il avait eue et elle se demanda si elle n'était pas trop dure envers lui.

Seule dans sa chambre, Megan se prépara avec soin. Elle avait le net pressentiment que Serena essaierait de l'impressionner et chercherait à être la reine de la soirée. Bien sûr, elle pouvait se tromper — après tout, elle ne l'avait jamais rencontrée — mais elle n'avait pas oublié les paroles arrogantes que cette femme lui avait adressées au téléphone.

« Je pense que Luigi se rendra disponible quand vous lui direz qui je suis… » Si ça ne voulait pas dire que Serena avait des vues sur lui…

Elle opta pour une robe de soirée rouge en se rappelant le compliment que Luigi lui avait adressé le matin même. Cette robe était beaucoup plus élégante et plus osée que tout ce qu'elle avait porté jusque-là. Cependant, quand elle l'eut enfilée et qu'elle eut lissé les plis sur son buste et autour de sa taille, elle se sentit différente. Plus sophistiquée, plus sûre d'elle et totalement maîtresse de ses émotions. Une nouvelle personne.

Serena n'avait qu'à bien se tenir.

Les invités devaient arriver à 20 heures. A 19 h 45 précises, Luigi frappa à la porte de sa suite et entra. En le voyant, Megan eut le souffle coupé. Son pantalon noir et sa veste de smoking beige soulignaient à merveille sa haute stature et son physique racé. Il était beau à tomber et elle eut brusquement envie d'oublier la réception, de se jeter à son cou et de lui arracher tous ses vêtements.

— Megan, tu es magnifique.

Certainement pas autant que lui, pensa-t-elle en humectant ses lèvres sèches.

Luigi la contemplait comme s'il la découvrait pour la première fois, notant ses escarpins en strass et sa belle robe rouge vaporeuse, s'attardant sur son décolleté audacieux. Son regard était si caressant qu'elle en sentait la brûlure sur chaque parcelle de son corps, et elle eut envie de sentir ses paumes sur elle. Pourquoi ne franchissait-il pas la distance qui les séparait pour prendre ce qu'elle lui offrait ?

Mais Luigi ne bougeait pas. Il était comme statufié. Avait-il choisi cette robe ou avait-il simplement chargé ses vendeurs d'en emballer une demi-douzaine à sa taille ? se demanda-t-elle. La deuxième option était la plus probable, mais en cet instant elle s'en moquait.

La ligne du vêtement dissimulait les pointes dressées de ses seins. Luigi savait-il qu'elle était excitée ? Elle ferait tout pour qu'il le sache, se promit-elle. Ce soir, il n'aurait d'yeux que pour elle. Ils danseraient ensemble tendrement enlacés et elle sentirait son cœur d'homme battre contre le sien. Ensuite, ils annonceraient à la foule qu'ils étaient de nouveau mari et femme et personne ne pourrait jamais les séparer…

Inutile de s'emballer, se sermonna-t-elle en se ressaisissant. Etait-elle prête pour ça ? Et Luigi ?

— Descendons maintenant avant que je ne t'arrache cette robe, marmonna-t-il.

Megan sourit et s'approcha de lui, le cœur battant.

— Merci pour cette tenue, murmura-t-elle.

— Merci à toi de la porter. Tu es sensationnelle. Tu vas attirer tous les regards, ce soir.

Il glissa le bras de Megan sous le sien et ils gagnèrent l'escalier. Megan était si fière de marcher à son côté que, lorsqu'elle aperçut Serena, elle redressa encore la tête.

Du moins, elle supposa que c'était elle. Qui d'autre attendrait là, au pied de l'escalier ? C'était la première invitée à arriver. Grande, mince, une chevelure d'un roux flamboyant… Cette femme était belle, reconnut Megan. Et manifestement elle le savait. Elle avait des yeux verts, des yeux de chat, qu'elle gardait fixés sur Luigi. Sa robe était d'un beau taffetas vert émeraude qui mettait en évidence sa taille fine et ses seins hauts et fermes sans révéler quoi que ce soit. Une coupe à la fois sage et provocante évidemment destinée à attiser la curiosité des hommes.

Megan se tourna vers Luigi pour voir s'il était aussi fasciné que Serena l'espérait. A son grand plaisir, elle vit qu'il la regardait, elle. Il pressa sa main qui reposait au creux de son bras.

— Serena, souffla-t-il.

— J'avais deviné.

Ils vinrent à la rencontre de leur invitée et Megan nota une lueur glaciale dans le regard de cette dernière.

Luigi fit les présentations.

— Megan, j'aimerais te présenter mon assistante, Serena Mills, sans qui ma société ne pourrait fonctionner. Serena, voici ma femme.

— Celle qui est sortie de ta vie ? fit remarquer celle-ci avec dédain.

— Elle-même, répondit Megan d'un ton enjoué. Mais je suis de retour… et pour de bon.

Elle lui tendit la main. La jeune femme l'étudia comme si elle essayait de la percer à jour. Megan lui rendit son regard direct. Ce soir, Luigi était à elle et elle ne laisserait aucune chance à Serena. Elle n'avait jamais été possessive, mais parfois une femme devait fixer des limites.

Non sans réticence, Serena lui serra la main. Un geste furtif et impersonnel.

— Luigi m'a dit que vous vous étiez occupée de l'organisation, dit-elle en regardant autour d'elle, comme si elle espérait trouver des défauts.

— Tout à fait, répondit Megan avec un élan forcé. Venez voir la salle de bal. Quant au buffet, Edwina a concocté des merveilles…

Elle toucha légèrement le coude de Serena pour l'entraîner vers la salle. Par-dessus son épaule, elle capta le regard à la fois sidéré et admiratif de Luigi.

Un point pour moi ! jubila-t-elle.

Les autres invités commençaient à arriver et tous étaient curieux de rencontrer l'épouse de Luigi. Megan se trouvait au centre de l'attention. Au grand déplaisir de Serena, qui, bien qu'elle s'efforçât de se montrer polie et amicale avec les uns et les autres, lançait de fréquents coups d'œil dans leur direction. Ce qui prouvait qu'elle était dépitée, pensa Megan.

Luigi dut deviner ses pensées, car il lui chuchota à l'oreille :

— Tu te trompes. Serena est dans son élément. Elle connaît tout le monde ici.

Comment pouvait-il se montrer aussi aveugle ? se dit-elle. Ne voyait-il pas que cette femme était amoureuse de lui ? Les hommes n'avaient-ils pas l'intuition de ces choses-là ? Du coup, elle n'était plus aussi sûre que la relation entre lui et Serena fût strictement professionnelle.

Luigi avait loué un orchestre et, au cours de la soirée, Megan se retrouva à danser avec plusieurs de ses collègues et amis, et chacun d'eux l'interrogea sur leur réconciliation. Pas toujours avec tact.

— J'ignorais que Luigi était marié, lui dit l'un d'eux. Sauf à son travail.

Megan se contenta d'un sourire poli.

Heureusement, le buffet remporta un vif succès. Megan bavardait avec un couple de voisins de Luigi quand, du coin de l'œil, elle vit Serena marcher droit vers son mari et passer un bras sous le sien. Luigi venait de terminer une conversation avec un invité. Il était clair que cette chipie avait bien choisi son moment ; sans doute n'avait-elle pensé qu'à cela pendant toute la soirée.

Quand Megan constata qu'ils quittaient ensemble la salle, la main de Luigi posée au bas du dos de Serena pour la guider, elle sentit une poigne glacée lui enserrer le cœur.

Elle aurait voulu les suivre, mais son interlocutrice lui narrait une anecdote que celle-ci jugeait apparemment amusante et il eût été grossier de la planter là. Cela n'empêcha pas Megan de surveiller la porte dans l'attente de leur retour. Dix minutes. Quinze… Bon sang ! Mais que faisaient-ils ?

Incapable de patienter plus longtemps, elle s'apprêtait à intervenir, quand ils réapparurent. Serena arborait un sourire satisfait, tandis que Luigi scrutait la foule. Bientôt, Megan vit qu'il l'avait repérée et qu'il se dirigeait vers elle.

Elle décida de ne pas lui parler. Pour sentir sur lui le parfum de Serena et voir sur son col une trace de rouge à lèvres ? Non, merci !

Faisant semblant de ne pas le voir, elle fila par une autre porte et se réfugia dans le vestiaire.

Une grave erreur, ainsi qu'elle s'en rendit compte quelques instants plus tard…

9.

Megan vérifiait son maquillage devant le miroir quand la porte du vestiaire s'ouvrit, livrant passage à Serena. Un éclair de triomphe brillait dans ses yeux verts et un sourire confiant flottait sur ses lèvres. L'expression du chat qui vient de manger le canari…

La voyant s'avancer d'un pas nonchalant, Megan passa à l'attaque.

— Si vous croyez que vos étreintes à la sauvette avec mon mari vous donnent des droits sur lui, vous vous trompez.

A peine eut-elle prononcé ces paroles qu'elle les regretta. Qu'était-il advenu de son assurance toute neuve ? Serena savait maintenant qu'elle était jalouse.

Celle-ci demeurait souriante, totalement imperturbable.

— Des étreintes à la sauvette ? Désolée, j'ai meilleur goût que ça. Et Luigi aussi, même si vous croyez bien le connaître. Je parie qu'il ne vous a pas dit qu'il continuait sa relation avec moi. Remarquez, ça ne me dérange pas de n'être que sa maîtresse. Une relation illicite est beaucoup plus excitante, vous ne trouvez pas ? Mais peut-être l'ignorez-vous…

Megan sentit son corps se raidir jusqu'à la douleur et elle eut l'impression qu'on lui broyait le cœur entre deux pierres.

— Je me moque de vos grands airs ou de ce que

Luigi a pu vous promettre, répliqua-t-elle, cinglante. Parce que c'est vers moi qu'il rentre chaque soir. Je suis celle qu'il aime et qui lui a donné un enfant. Et je ne le laisserai pas partir.

Elle avait hésité une fraction de seconde avant de prononcer « celle qu'il aime ». Luigi ne l'aimait pas ; il n'aimait personne, pas même Serena.

A moins que… ? Etait-ce à cause de cette rousse affriolante qu'il ne lui avait jamais parlé d'amour ? se demanda-t-elle soudain.

Elle lisait une suprême arrogance dans les yeux verts de sa rivale. Cette femme était si sûre d'elle, si sûre des sentiments de Luigi…

Mais Megan refusait de céder à ses craintes. La tête haute, elle soutint le regard de Serena avec aplomb. Celle-ci répondit d'une voix traînante :

— Il me semble que vous sous-estimez Luigi. Il a horreur qu'on l'étouffe, qu'on le retienne à cause d'un enfant. Il tient trop à sa liberté. Nous étions si heureux pendant votre absence, Megan. Il a changé, à présent. Il me répète qu'il se sent obligé de passer du temps avec vous et que vous êtes un fardeau. Désolée, mais il vaut mieux que vous le sachiez.

Megan ferma brièvement les yeux. Luigi continuait sa relation sentimentale avec Serena, alors qu'il lui soutenait le contraire ? Et elle qui l'aimait comme une folle…

— Je vous laisse réfléchir à tout ça, reprit Serena. J'espère que cela vous éclairera sur la valeur de votre mariage. Croyez-moi, il ne durera pas longtemps.

Sur quoi, elle quitta le vestiaire d'une démarche chaloupée de mannequin.

Megan demeura immobile de longues minutes après son départ. Puis la rage la saisit. Luigi était un menteur et un traître ! Comment allait-elle supporter le reste de la soirée et lui faire face sans lui cracher ces mots-là à la figure ?

— Megan, le bal reprend…

Luigi la rejoignit enfin et, s'excusant auprès de Meg Morrison, la voisine avec qui Megan bavardait, il l'entraîna à l'écart.

— J'ai hâte que la soirée se termine, murmura-t-il en lui enserrant la taille.

Ils se mirent à danser. Tout en bougeant au rythme de la musique, il caressa la peau nue de son dos et la pressa contre lui pour lui faire éprouver la puissance de son désir.

Ce fut seulement quand la danse prit fin et que Megan s'écarta de lui qu'il remarqua que quelque chose clochait.

— Megan ? Qu'y a-t-il ?

— Rien…

Mais elle avait dit ça beaucoup trop vite et sans le regarder.

— Tu ne te sens pas bien ? insista-t-il.

— Si. Tout va très bien.

Cette fois encore, Luigi n'était pas convaincu. Que se passait-il ? Un peu plus tôt, il avait lu le désir dans son regard. S'en voulait-elle de lui avoir montré si clairement ses intentions ? Dans ce cas, il saurait obtenir sa reddition. Pour sa part, il y avait trop longtemps qu'il attendait et cette abstinence le rendait fou.

Les musiciens entamaient un morceau romantique et, avant qu'elle ne s'éloigne de lui, Luigi l'enlaça, ne lui laissant d'autre choix que de danser encore une fois avec lui. Il huma son parfum délicat, mais déjà le fait de la tenir dans ses bras enivrait ses sens, à tel point qu'il dut se faire violence pour ne pas l'emporter sur-le-champ vers sa chambre. Bonté divine ! Vivement qu'ils soient seuls…

— Tu es la plus belle, ce soir. Tu le sais ? murmura-t-il d'une voix langoureuse. Ce qui fait de moi l'homme le plus chanceux du monde.

Elle marmonna une réponse qu'il ne comprit pas, mais son intonation suggérait que son compliment n'était pas le bienvenu.

— Megan, es-tu vraiment sûre que tout va bien ?

— Absolument sûre.

— Je suis désolé de ne pas avoir passé beaucoup de temps avec toi ce soir, s'excusa-t-il. Avec tous ces gens qui veulent me parler, et à toi aussi, bien sûr… Tu es la star de la soirée. Tous nos invités t'admirent et ils sont heureux que nous soyons de nouveau ensemble.

— S'ils savaient ! laissa-t-elle tomber d'un ton acide.

Cette fois, Luigi en eut assez. Oubliant la danse, il entraîna Megan à travers la foule vers un petit salon adjacent dont il referma la porte.

— Qu'est-ce qui te prend ? demanda-t-il en lui relevant le menton.

— Rien, s'obstina-t-elle. Nous n'avons pas le droit de laisser tomber nos invités comme ça. Ils vont se demander ce qui se passe.

— Moi aussi, figure-toi. Tu ne peux pas changer si brusquement sans raison.

— C'est le privilège des femmes.

— Sottises ! Quelqu'un t'a blessée. Et à en juger par la façon dont tu me traites, il semblerait que ce soit moi. Je me trompe ? Regarde-moi…

Lentement, Megan obtempéra et ce que Luigi lut sur ses traits lui fit mal. L'hostilité, l'accusation, la haine… Tout ce qu'il avait espéré ne plus revoir.

— Maintenant, dis-moi ce qu'il y a, ordonna-t-il.

Il enrageait de ne pas savoir. Puis une sorte de déclic se produisit dans son esprit.

— C'est Serena, n'est-ce pas ?

Un rire de soulagement le secoua et il poursuivit :

— Tu nous as vus partir ensemble ? Ma chère Megan, ce n'était que pour parler affaires. Serena ne vit que pour ça, comme moi avant. J'ai essayé de lui dire que cela pouvait attendre que nous soyons de retour au bureau. Rien à faire. Un problème la tracassait et elle voulait résoudre ça tout de suite.

— C'est tout ?

— Oui.

— Si tu le dis.

Il était clair qu'elle ne le croyait pas.

— Bon sang ! Megan, pourquoi cette scène ? Au début de la soirée, j'aurais juré que tu avais envie de moi. Et maintenant, plus rien.

— Tu ne devines pas ? Soit. Ne t'inquiète pas, je me comporterai bien, exactement comme tu le souhaites. Jusqu'à ce que tes invités soient partis.

Et ensuite ? Elle le repousserait, le giflerait ? Il laissa échapper un sifflement excédé. Jamais il ne la comprendrait. Jamais ! Elle n'avait rien à craindre en ce qui concernait Serena. Comment allait-il la convaincre de ça ?

Soudain, la porte du salon s'ouvrit et celle qui était la cause de leur discorde passa la tête dans l'entrebâillement.

— Ah, vous voilà…

D'un coup d'œil, Serena nota la mine farouche de Megan et l'air malheureux de Luigi. Elle esquissa un large sourire.

— Je me demandais où vous étiez passés, les tourte-reaux. Il est presque minuit. Il est temps de remplir les coupes. Tu viens, Luigi ?

Il reporta son attention sur Megan et vit l'éclair de la jalousie étinceler dans ses prunelles.

— Nous arrivons dans une minute, répondit-il.

D'un côté, il était flatté que Megan soit jalouse. De l'autre, il était conscient que ce ne serait pas facile de la reconquérir.

Il faudrait qu'ils jouent cartes sur table une bonne fois pour toutes, parce qu'ils ne pouvaient pas continuer ainsi. Une fois leurs invités partis, il insisterait pour avoir avec elle une conversation franche. D'ici là, il devait accepter qu'elle joue la comédie.

Dès que Serena eut disparu, il lui prit les mains et planta son regard dans le sien. Elle avait l'air si malheureuse qu'il voulut l'embrasser et lui promettre que tout irait bien. Mais quand il se pencha vers elle, elle s'écarta.

— Allons-y et qu'on en finisse, dit-elle en gagnant la porte.

Et, pendant le reste de la soirée, Megan s'impliqua corps et âme dans la fête, chantant et riant plus fort et plus longtemps que nécessaire.

Megan avait conscience d'être exagérément joyeuse. Au moins, personne ne se doutait qu'il s'agissait d'une comédie, pensa-t-elle, le cœur serré. Personne, à part Luigi… et cette garce de Serena, bien sûr !

Mais c'était horriblement dur de faire comme si de rien n'était quand son cœur était brisé et qu'elle se sentait glacée au fond d'elle-même. Dur de découvrir que Luigi était un menteur, au moment où elle avait décidé de lui faire confiance.

Elle ne retint pas grand-chose de la fin de la réception, à part les sourires de jubilation de Serena chaque fois qu'elle croisait son regard. Elle serra des mains et formula les platitudes d'usage puis, quand tout le monde fut parti et qu'elle se retrouva seule avec Luigi, elle déclara :

— Quel fiasco ! Je suis bien contente que tout soit fini. Je monte me coucher. Bonne nuit.

Seulement, Luigi ne l'entendait pas de cette oreille.

— Nous avons à parler. Maintenant.

— Ça ne servira à rien. Demain matin, à la première heure, je fais mes valises.

Il se raidit et la regarda d'un air de totale incompréhension.

— Nous avons passé un bon Noël et je te remercie pour ça, ajouta-t-elle. A présent, il est temps que je retourne à mon ancienne vie. Quant à toi, tu pourras continuer à avoir autant d'aventures que tu veux.

Megan sentait son cœur battre la chamade. Elle ne pouvait voir Luigi sans voir Serena à son côté. Une Serena souriante et sûre d'elle, parce que Luigi la préférait à son épouse…

Une tache rouge apparut devant ses yeux. Rouge comme sa colère, comme sa robe. Luigi aussi était rouge. Comme le diable !

Alors, brusquement, tout devint noir autour d'elle et elle eut l'impression de sombrer dans le néant.

Lorsqu'elle reprit ses esprits, elle était dans les bras puissants de Luigi et il montait l'escalier. Comment était-elle arrivée là ? Une peur panique s'empara d'elle et elle se débattit.

— Cesse de bouger, l'avertit-il. Tu t'es évanouie. Je t'emmène dans ta chambre.

Il y avait une expression d'amour et de tendresse dans ses yeux qu'elle n'avait jamais vue avant. Alors, pourquoi maintenant ? Etait-ce la lumière qui lui jouait des tours ?

— Evanouie ? répéta-t-elle. Je ne me suis jamais évanouie de ma vie. Si c'est un stratagème pour…

— Pas du tout. Je crois que cette soirée s'est révélée au-dessus de tes forces. Tu t'es activée toute la journée et…

Mais elle ne l'écoutait plus. Elle se remémora la vraie raison de sa détresse et se débattit de plus belle.

— Bon sang, arrête de remuer ! lui ordonna Luigi en resserrant son étreinte. Tu vas nous tuer tous les deux.

Ils atteignirent le palier, mais il ne la posa pas à terre pour autant. D'un coup de pied, il ouvrit la porte de la suite et déposa Megan sur le lit.

Elle se leva aussitôt d'un bond. Ce qu'elle n'avait pas prévu, c'était cette sensation de vertige qui la saisit tout à coup, la forçant à se rasseoir. Sa vision était trouble et elle porta une main à son front.

— Bois jusqu'à ce que tu te sentes mieux, lui recommanda Luigi en lui tendant un verre d'eau.

Vidée de ses forces, Megan obéit. Que lui était-il arrivé ? Apparemment, elle avait été au bord de la crise de nerfs et tout avait explosé dans sa tête.

— Ça va ? s'enquit-il avec inquiétude.

— Oui, ça va aller maintenant, dit-elle d'un ton appuyé.

Elle aurait voulu qu'il s'en aille, Mais Luigi ne comprit pas le message.

— Laisse-moi t'aider à te mettre au lit.

Il y avait tant de tendresse et d'inquiétude dans sa voix qu'elle en fut presque déchirée. Ce serait si facile de croire qu'elle était la seule femme de sa vie. Malheureusement, tout cela n'était qu'un leurre, se rappela-t-elle. Il voulait gagner sur les deux tableaux : avoir une femme, une fille, *et une maîtresse !* Comment pouvait-elle supporter de vivre une minute de plus auprès de ce traître ?

Se redressant, elle posa le verre sur la table de nuit avec fracas.

— Je ne te laisserais pas me toucher quand bien même tu serais le dernier homme sur terre. Sors d'ici !

— Si c'est encore à propos de Serena…

— Bien sûr que c'est à cause d'elle. Va donc la retrouver et débrouillez-vous ensemble !

— Mais…

— Mais rien du tout !

Et, se levant d'un bond, Megan traversa la chambre et ouvrit la porte d'un geste brutal.

Luigi demeura immobile. Le regard qu'il posait sur elle était infiniment triste, nota-t-elle. Ma parole ! Il aurait fait un excellent comédien.

— Serena ne représente rien pour moi.

— Que tu dis !

— C'est la vérité, protesta Luigi.

Puis, voyant Megan hausser les épaules, il ajouta :

— Pourquoi ne me crois-tu pas ? Tu n'as aucune preuve de ce que tu avances. Tout ça, c'est ton esprit soupçonneux qui l'a inventé.

— Et si j'en avais, des preuves ?

Luigi se rembrunit tout à coup.

— Comment pourrais-tu en avoir, alors que… ?

— Alors que tu ne ressens rien pour elle ? enchaîna Megan. Oh ! épargne-moi tes platitudes, tu veux ? Et sors d'ici.

Les traits de Luigi se contractèrent dangereusement. Mais au grand soulagement de Megan il se dirigea vers la porte. Arrivé sur le seuil cependant, il s'arrêta et se tourna vers elle.

La respiration de Megan s'accéléra. Son visage n'était qu'à quelques centimètres du sien. En dépit de tout, Luigi éveillait en elle une folle excitation et elle se sentit fondre. Comment pouvait-elle lutter contre un tel pouvoir de séduction ?

— Je vois qu'il est inutile que j'ajoute quoi que ce soit, déclara-t-il en dardant sur elle son regard perçant. Tu te montes la tête toute seule, Megan. Et je vais te le prouver. Demain, j'irai chercher Serena et elle te dira elle-même que tu t'inquiètes pour rien.

Sans attendre sa réponse, il pivota et disparut dans le couloir.

Megan referma violemment la porte. Trop tard, elle

pensa à Charlotte et à Kate. Pourvu qu'elle ne les ait pas réveillées !

Quel intérêt de ramener Serena ici ? se demanda-t-elle. Cette fille mentirait, c'était certain. Alors, que faire ? Partir en pleine nuit avec Charlotte ? Facile à dire. On était le 1er janvier. Où trouverait-elle un hébergement, un jour pareil ?

Désespérée, elle se jeta sur le lit et, de rage, bourra l'oreiller de ses poings. Au diable, Luigi ! Et Serena avec.

Elle les maudissait encore quand le sommeil la submergea.

Deux heures plus tard, elle se réveilla, tremblante de froid. Vivement, elle se débarrassa de sa robe de soirée, sans se soucier de la déchirer au passage, puis elle enfila une chemise de nuit et se glissa sous la couette. Mais le sommeil la fuyait à présent, et elle resta éveillée, en proie à la colère et à la haine.

Le jour pointait quand elle finit par s'assoupir. Elle rêva d'une créature aux yeux verts penchée au-dessus d'elle. Megan la suppliait de partager Luigi avec elle. Et Serena riait encore et encore…

Ce rire résonnait à ses oreilles quand elle s'éveilla. Alors, elle se rendit compte que c'était Charlotte qui riait aux éclats. Bondissant du lit, Megan ouvrit la porte de communication.

— Oh ! désolée. Nous vous avons réveillée, s'excusa aussitôt Kate.

— Pas du tout. Tout va bien, la rassura Megan tandis que Charlotte se jetait dans ses bras.

Elle serra sa fille contre elle et les mauvais souvenirs du rêve s'estompèrent.

— Pourquoi riais-tu, mon cœur ?

— Kate me chatouillait. C'était bien la fête, maman ?

— Un peu ennuyeux, en fait. Je ne connaissais personne, à part ton papa… et Serena.

— C'est qui ?

— Une dame qui travaille avec papa.

— Est-ce qu'elle est jolie ?

— Oui… Très.

— Papa a dit que j'étais jolie et qu'il t'aimait beaucoup, parce que tu étais très jolie aussi.

Sous le choc, Megan cilla. Luigi avait dit ça ? Bah, il avait dû faire ce commentaire sans le penser vraiment ; c'était juste une phrase gentille pour faire plaisir à sa fille avide affection.

— Tu viens déjeuner avec nous, maman ? demanda Charlotte, les yeux brillants.

Car depuis peu elle prenait ses repas avec Kate dans la petite salle attenante à la chambre qui avait été aménagée en nursery.

— Bien sûr, ma chérie.

Megan se demanda où était Luigi. Avait-il vraiment l'intention d'aller chercher Serena ? Sans doute. Il voulait mettre sa maîtresse au courant avant la confrontation et établir une stratégie avec elle. Raison pour laquelle il tenait à passer la prendre au lieu de lui téléphoner.

Elle réussit cependant à chasser ses sombres réflexions pour profiter du moment avec Charlotte et sa nurse. Elle riait avec Kate à propos d'un mot de Charlotte quand Luigi entra dans la pièce, la mine sombre.

— Que fais-tu ici ? demanda-t-il d'un ton âpre.

Megan voyait qu'il dominait sa colère, sans doute pour ne pas effrayer leur fille.

— Charlotte m'a invitée, répondit-elle.

— Et ça t'est égal que je t'attende en bas ?

— J'aurais dû te prévenir, c'est vrai. Pourquoi ne viens-tu pas avec nous ? Je vais demander à Amy d'apporter…

— Inutile, j'ai déjà déjeuné, coupa-t-il d'un ton abrupt. Mais j'apprécierais que tu trouves le temps de prendre un café avec moi.

Là-dessus, il tourna les talons et sortit.

— Aïe…, laissa tomber Kate, visiblement impressionnée.

— Tout va bien, dit Megan en souriant. J'avais oublié que nous devions parler d'une chose importante.

Elle laissa passer dix minutes avant de rejoindre Luigi dans la salle à manger.

Dans ce laps de temps, sa colère s'était accrue, constata-t-elle. Son front était barré d'un pli sévère et ses yeux avaient l'éclat dur de l'acier.

— Je suis conscient des rumeurs qui circulent sur Serena et moi, déclara-t-il d'emblée. Des ragots, rien de plus normal sur un lieu de travail. Mais je ne m'attendais pas à ce que tu leur accordes du crédit. Quelqu'un t'a rapporté ces commérages, n'est-ce pas ? Alors, dis-moi qui a parlé et je le mets à la porte.

Megan le regarda, suffoquée. Ses collègues étaient au courant de sa liaison avec Serena ? Alors, pourquoi s'obstinait-il à nier ?

— Je n'ai pas l'intention de dénoncer qui que ce soit, répondit-elle d'un ton glacial. Et je n'ai pas envie non plus de parler à Serena. Je ne la croirais pas, même si elle prêtait serment sur la Bible !

Ainsi, il ne s'était pas trompé, pensa Luigi en faisant son possible pour garder son sang-froid. Au cours de la réception, quelqu'un avait rapporté des paroles malveillantes à Megan — il devinait assez bien la teneur du message ! — et, à partir de là, tout était allé de travers. Si la jalousie de Megan lui avait plu au début, celle-ci s'était muée en quelque chose de sordide et d'effrayant qui risquait de tout remettre en question.

N'avait-elle pas menacé de partir pour la énième fois ? Quand elle n'était pas descendue à l'heure du petit déjeuner, il avait craint le pire et il avait foncé jusqu'à sa chambre pour vérifier sa garde-robe. Un soulagement immense l'avait envahi en voyant que ses vêtements étaient toujours là. A moins qu'elle ait laissé ceux qu'il lui avait offerts ? Comme un fou, il avait fouillé les tiroirs. Rien n'avait disparu. Ouf !

— Comment te prouver que tu as tort, si tu refuses de parler ? s'enquit-il en ébauchant un geste d'impuissance.

— En renvoyant Serena.

Luigi la fixa, la mine effarée.

— Quoi ? Je ne peux pas faire ça ! Elle connaît tout des affaires. Je serais perdu sans elle.

— Et elle serait perdue sans toi, n'est-ce pas ? assena Megan d'un ton caustique.

Luigi soupira. Elle ne parlait pas de relations professionnelles, c'était évident. Bonté divine ! S'il tenait le crétin qui lui avait fourré ces idées en tête, il l'étranglerait. Mais il le forcerait d'abord à retirer ses paroles devant elle. La situation était grave. Parce qu'on avait colporté des rumeurs infondées, il risquait de perdre sa femme et sa fille.

Non, pas sa fille. Jamais il ne laisserait partir Charlotte. Si tout était fichu entre Megan et lui, s'il ne pouvait la convaincre de rester, il se battrait bec et ongles pour obtenir la garde de son enfant. Charlotte donnait un vrai sens à sa vie maintenant et il n'y avait pas de raison qu'elle ne soit pas heureuse avec lui. Jamais il ne la traiterait comme il avait été traité dans son enfance.

— Tu te fais des films, Megan. Mais je ne vais pas te supplier de me croire. Une femme aussi intègre que toi devrait distinguer le vrai du faux. Hier soir, tu as menacé de me quitter. Je te conseille de réfléchir avant de prendre ta décision. Parce que, où que tu ailles, je te retrouverai.

Pour toute réponse, Megan tourna les talons et s'enfuit de la salle à manger, sans lui laisser le moindre indice sur ses intentions.

10.

Megan passa la matinée à essayer d'envisager l'avenir. Car Luigi parlait sérieusement ; aucun doute, il les retrouverait. Elle ne serait en sécurité nulle part. Et une fois qu'il lui aurait pris Charlotte, que lui resterait-il ? Sa vie serait vide. Quant à imaginer Serena s'occuper de Charlotte… Elle en avait des frissons rien que d'y penser.

D'un autre côté, comment continuer à vivre ici et fermer les yeux sur la liaison de Luigi ? Jusqu'au bout, elle avait espéré qu'il finirait par l'aimer autant qu'elle l'aimait. Certes, elle avait été jalouse de Serena même avant les révélations de celle-ci, mais elle avait décidé de faire confiance à Luigi. De toutes ses forces, elle avait essayé de le croire. Pour quel résultat ?

A midi, Amy vint lui annoncer que le déjeuner allait être servi. Plutôt que de la contrarier en décidant de manger cette fois encore avec Charlotte et Kate, Megan descendit à la salle à manger et se figea net en voyant Luigi attablé.

Elle l'avait entendu sortir dans la matinée — il n'était pas difficile de deviner où il était allé ! — mais elle ne s'était pas rendu compte qu'il était déjà de retour.

Il l'accueillit en souriant, comme si de rien n'était. Il paraissait beaucoup plus détendu que lorsqu'il avait fait irruption dans la chambre de Charlotte. Serena y était sûrement pour quelque chose, pensa-t-elle, cynique.

— Pas de travail aujourd'hui ? s'enquit-elle en prenant place en face de lui.

— Le jour de l'an est férié.

— Tu n'as pas l'habitude de respecter le calendrier.

— C'était avant, Megan. J'ai changé, déclara-t-il avec un sourire charmeur.

Megan était déroutée. Pourquoi faisait-il semblant d'avoir oublié leur altercation ? Etait-ce une stratégie de sa part ? Espérait-il regagner sa confiance de cette façon ? Pff… Il pouvait toujours courir !

Mais, de crainte que Charlotte ne finisse par souffrir de leur mésentente, elle décida de jouer le jeu. Du moins, pour le moment.

Il y avait eu de nouvelles chutes de neige pendant la nuit, aussi après le repas décidèrent-ils de sortir tous les quatre dans le parc pour une bataille de boules de neige.

Charlotte était dans son élément et Kate s'en donnait à cœur joie elle aussi. Ils s'amusaient comme des fous et s'éparpillaient pour trouver des endroits où la neige était plus épaisse.

Megan ne s'inquiéta pas jusqu'à ce qu'elle entendît Luigi hurler et foncer vers l'étang. Brusquement, la peur la saisit. Où était Charlotte ?

A son tour, elle se mit à courir comme une folle.

— Charlotte ! *Charlotte !*

Mon Dieu, était-elle tombée à l'eau ? Comment était-ce possible avec trois adultes pour la surveiller ? Sauf qu'au lieu de garder un œil sur elle ils s'étaient amusés comme des gamins.

Luigi arracha sa veste, se déchaussa et entra dans l'eau glacée.

Megan était complètement paniquée, à présent. L'étang n'était pas profond, mais il suffisait de quelques centimètres d'eau pour que…

— Oh ! Mon bébé…

120

A cet instant, elle aperçut sa fille qui flottait, immobile à la surface. Elle sentit les larmes ruisseler sur ses joues, tandis qu'elle se débarrassait de son manteau avec des gestes frénétiques. Mais Luigi avait atteint Charlotte et la ramenait, inerte, dans ses bras.

Elle était si pâle que Megan crut d'abord qu'elle était morte. Luigi lui appliqua un coup ferme dans le dos et elle se mit à tousser et à cracher de l'eau. Cela dura un bon moment, puis elle se mit à pleurer en réclamant sa mère.

— Je suis là, mon cœur, dit Megan, les larmes aux yeux. Tout va bien, maintenant.

— Je vais la porter à l'intérieur, déclara Luigi.

Megan courut à son côté, tout en rassurant sa fille. Charlotte avait les lèvres bleues et tremblait violemment.

— Je vais lui faire couler un bain chaud, annonça Kate.

— Faut-il appeler le médecin ? lui demanda Luigi.

— Non, sauf si elle n'a aucune réaction, signe d'un état de choc, assura-t-elle.

Une fois à l'intérieur, Megan déshabilla l'enfant et l'assit avec douceur dans l'eau bien chaude, sans cesser de la réconforter. Bientôt, à son grand soulagement, Charlotte retrouva quelques couleurs. Elle s'arrêta de pleurer et esquissa même un faible sourire.

Luigi observait la scène, un peu en retrait. Megan se tourna vers lui et nota qu'il tremblait de tous ses membres.

— Idiot ! Va prendre une douche chaude. Sinon, c'est toi qu'il faudra conduire à l'hôpital.

— Charlotte va se remettre ? demanda-t-il d'une voix étranglée.

— Je crois que oui.

— Ce maudit étang ! Je vais le faire combler. Charlotte aurait pu…

Megan refusa d'entendre la suite.

— Luigi, ne dis rien. Elle va très bien, grâce à toi. Cet étang est joli ; ce serait dommage de faire ça.

— Alors, je le clôturerai. Je ne veux pas prendre de risques. Aucun parent ne devrait vivre ça.

Elle acquiesça en silence, émue de le voir si bouleversé.

Charlotte ne sembla souffrir d'aucun effet fâcheux après sa chute dans l'eau glacée, mais le reste de la journée elle insista pour rester en compagnie de ses parents plutôt qu'avec Kate.

Megan regardait Luigi jouer avec elle. Il participait à tous les jeux que leur fille suggérait, la prenait dans ses bras spontanément et lui parlait à l'oreille d'un air complice. Megan n'était pas supposée entendre, mais elle devinait qu'il disait à Charlotte qu'il l'aimait. Et elle avait la gorge nouée de voir cet homme, qui d'habitude ne jurait que par ses affaires, mettre son cœur à nu pour son enfant. Oui, les miracles existaient bel et bien.

Elle lisait l'adoration dans les yeux de Charlotte. Ce papa qu'elle avait demandé était là et correspondait visiblement au père dont elle avait rêvé. Elle serait dévastée s'il disparaissait de sa vie maintenant. Mais comment elle, Megan, pourrait-elle vivre avec un homme qui entretenait une liaison avec une autre femme ? Elle se trouvait dans une situation inextricable, pour laquelle elle n'entrevoyait aucune issue.

Quand arriva l'heure du coucher pour Charlotte, la petite fille voulut que Luigi vienne lui lire une histoire. Il lui en lut deux et elle s'endormit, sa petite main dans celle de son père.

Sans bruit, Luigi se leva et entraîna Megan hors de la chambre.

— Viens. Allons dans mon antre en attendant le dîner.

Megan ne rechigna pas.

Il commença par s'excuser de nouveau pour ce qui était arrivé.

— Ce n'était pas ta faute, lui assura-t-elle. Mais je

dois t'avouer que depuis le début cet étang ne m'inspirait pas confiance.

— Tu aurais dû m'en parler. J'aurais pris des précautions.

— Je l'aurais fait si nous étions amenées à rester ici.

Une ombre passa dans le regard de Luigi.

— Je ne veux pas que tu partes, Megan. Toi et Charlotte, vous comptez tellement pour moi !

— Moi aussi ? dit-elle avec surprise.

— Bien sûr, enfin. Tu es ma femme.

En effet, et c'était son devoir de prendre soin d'elle. Mais il avait échoué sur ce plan-là ! Refusant cependant d'entamer une nouvelle dispute, elle préféra changer de sujet.

— J'espère que Charlotte n'aura pas de séquelles.

— Il y a des risques ? demanda-t-il, le front barré d'un pli d'inquiétude. Devons-nous l'emmener à l'hôpital ?

— Je ne pense pas. Il faut veiller sur elle, c'est tout.

— Je vais passer la nuit dans un fauteuil auprès d'elle s'il le faut.

— C'est inutile, Luigi, dit-elle doucement. Je l'entendrai si elle se réveille.

— Tu ne l'as pas entendue l'autre nuit, lui rappela-t-il.

— Cette fois, j'écouterai avec attention.

— Nous pourrions écouter ensemble.

Aussitôt, tous les sens de Megan furent en alerte. Dans la petite pièce confortable, avec le feu de cheminée et les tentures de velours rouge qui les préservaient de la nuit glaciale, c'était si facile d'oublier le reste et de se souvenir seulement des bons moments qu'ils avaient partagés. Le plus étonnant était que, malgré tout ce qu'elle avait traversé, elle désirait toujours Luigi. Et, à en juger par l'intensité de son regard, il la désirait aussi.

« Prends ce qu'il t'offre », lui souffla une voix intérieure.

Non ! Ou alors, ce serait à *ses* conditions. Une seule, en fait : il devait exclure Serena de sa vie.

— Megan ? Je veux que cela marche entre nous, pour toujours, dit-il d'une voix douce et persuasive.

— Je sais. Mais je ne peux pas…

— Oublier ce que tu as entendu ? coupa-t-il. J'aimerais savoir qui t'a dit ça. Ce sont des mensonges, rien que des mensonges.

— Peux-tu me le prouver ?

— Seulement si tu acceptes que Serena vienne te dire elle-même la vérité.

Megan secoua la tête avec vigueur.

— Non. La preuve, c'est toi qui me la fourniras.

— Tu veux dire en me débarrassant de Serena ? Je ne peux pas faire ça. C'est impossible.

Megan soutenait son regard et c'était horriblement dur de le voir batailler avec sa conscience.

— Alors, il n'y a pas d'avenir pour nous.

Ni l'un ni l'autre n'avaient haussé la voix. C'était une conversation calme, civilisée, et Megan se félicita de garder son sang-froid. Hurler ne les avait conduits nulle part jusque-là.

— Je pense qu'il pourrait y en avoir un, déclara-t-il. Voilà pourquoi j'ai l'intention de t'emmener ailleurs pour quelques jours.

Avant que Megan ait le temps de faire une objection, Luigi poursuivit :

— Sans Charlotte. Elle reste avec Kate. Rien que nous deux et je n'accepte pas de refus. Plus que jamais, nous avons besoin de faire le point. Nous partirons demain, juste après le petit déjeuner… à condition que Charlotte aille bien, évidemment.

— Tu ne peux pas faire ça ! protesta-t-elle. Pas après ce qui s'est passé aujourd'hui. Ça ne marchera pas de toute manière.

— Je ne suis pas de ton avis. Je fais tout pour que ça fonctionne et je regrette que nous n'ayons pas entrepris ce voyage *avant* qu'une personne malintentionnée ne vienne te monter la tête.

Son regard sombre ne quittait pas le sien et Megan finit par détourner les yeux.

— Ça n'aurait fait aucune différence, répondit-elle en déglutissant avec peine. La vérité finira bien par éclater.

— Je n'attends que ça. Et ce jour-là nous renouvellerons les vœux de notre mariage.

Il paraissait si sûr de lui que Megan eut presque envie de rire. Ma parole ! Il vivait dans un rêve. Ils n'avaient aucun avenir en commun à part leur rôle de parents. Et pour le bien de leur fille…

Megan se sentit hésiter. Devait-elle partir ou non ? Elle se détestait d'être si faible. Pour l'heure, il était inutile de discuter. Luigi ferait ce qu'il avait décidé, quoi qu'elle dise. Alors, autant suivre le mouvement, se dit-elle, résignée.

— Où comptes-tu m'emmener ? demanda-t-elle.

— Surprise. Mais je sais que tu apprécieras.

Au matin, en voyant Charlotte joyeuse et en pleine forme, Luigi poussa un énorme soupir de soulagement. Leur fille était en bonne santé, rien ne pourrait s'opposer à leur départ, sauf Megan elle-même.

Il s'attendait à ce qu'elle ait changé d'avis une fois de plus et il était prêt à user de son pouvoir de persuasion. Aussi fut-il agréablement surpris quand, à l'heure du petit déjeuner, elle lui confia qu'elle avait bouclé une valise et qu'elle était fin prête. Elle était loin d'être enthousiaste, mais Luigi n'était pas inquiet.

Il chargea les bagages dans le coffre de la Mercedes. Charlotte avait les larmes aux yeux en leur faisant des signes de la main, mais elle comprenait qu'ils ne seraient absents que quelques jours et que Kate resterait auprès d'elle.

Après avoir roulé quelques minutes en silence, Luigi jeta un regard de biais à sa passagère.

— Ne sois pas triste, Megan. Ce n'est pas la fin du monde.

— Je n'ai jamais quitté Charlotte avant aujourd'hui.

— Je suis sûr que tout se passera bien, dit-il en souriant avec chaleur. Elle adore Kate. Elle va beaucoup s'amuser.

— Et si elle m'en veut, à notre retour ? dit-elle avec inquiétude. Si elle aime Kate plus que moi ?

— Comment peux-tu penser ça ? Tu es tout pour Charlotte. Elle va compter les jours. J'ai vu que Kate fabriquait un calendrier avec elle, ce matin.

Megan parut plus sereine après ça et il nota avec satisfaction qu'elle contemplait le paysage avec intérêt. C'était si inhabituel de voir la neige dans le sud du pays, à cette période. La campagne prenait un air presque féerique sous cette blancheur.

— Quel dommage de laisser ces beaux paysages derrière nous, déclara-t-elle bientôt.

— Qui te dit que nous quittons le pays ? demanda-t-il.

Megan fronça les sourcils, déroutée.

— Je pensais que nous partions à l'étranger, au soleil. J'ai même pensé à emporter mon passeport.

— A quoi bon perdre du temps en avion ? Megan, je te l'ai dit, tu vas aimer cet endroit. Maintenant, ne pose plus de questions et profite du trajet.

Ils empruntèrent l'autoroute en direction du nord. Megan commença à se détendre, même si elle ne pouvait s'empêcher de penser à Charlotte qui lui manquait déjà.

Ils s'arrêtèrent pour déjeuner sur une aire de repos et reprirent la route, car Luigi avait hâte d'arriver à destination. De temps à autre, ils échangeaient quelques remarques sans conséquence. De son côté, n'ayant aucune idée des plaisirs ou des désagréments qui l'attendaient, Megan s'efforçait de se concentrer sur le présent, et surtout d'oublier Serena et son influence sur Luigi.

Une idée la frappa soudain, une idée si simple qu'elle aurait dû y penser avant. Si elle se laissait fléchir, qu'elle l'autorisait à partager son lit et s'offrait à lui sans réserve, peut-être oublierait-il Serena. Leur intimité avait toujours été intense et, sur ce plan-là, rien n'avait changé, se dit-elle en se remémorant leur récente expérience.

C'était peut-être son arme contre sa rivale. Si elle réussissait à le satisfaire physiquement, il n'aurait pas besoin d'aller voir ailleurs. Mais oui, bien sûr, la solution était là, à portée de main...

Il ne manquait qu'une seule chose pour que tout fût parfait : une déclaration d'amour de Luigi. Mais ce n'étaient que des mots. Le plus important, c'étaient les sentiments, les émotions... et la certitude d'être aimée. Les mots ne voulaient rien dire si on ne montrait pas son amour par une foule de petites attentions. Et de ce point de vue-là, elle devait reconnaître qu'il faisait des efforts louables.

Tout à coup, elle se sentit plus heureuse qu'elle ne l'avait été depuis longtemps.

— Pourquoi souris-tu ? voulut-il savoir.

— Moi, je souriais ? dit-elle innocemment.

— Oui, et tu es très belle ainsi.

Décidément, les conditions étaient de plus en plus favorables à la réalisation de son plan...

Allaient-ils en Ecosse ? se demanda-t-elle tandis qu'ils roulaient toujours plus loin vers le nord. Mais comme ils entraient dans le comté de Cumbrie, Luigi quitta l'autoroute. Cette fois, elle devina le but du voyage.

— Le Lake District ! J'ai toujours rêvé d'y aller.

On lui avait souvent vanté la beauté de cette région montagneuse parsemée de lacs qui avait inspiré les poètes romantiques. Mais elle n'avait jamais trouvé l'occasion de s'y rendre.

— Tu ressembles à Charlotte quand elle a vu la neige pour la première fois, dit Luigi, amusé.

— Je ressens la même chose qu'elle.

Elle était en effet incapable de dissimuler son plaisir, mais celui-ci n'était pas seulement lié à leur destination. Son plan de séduction ne cessait de tourner dans sa tête. Si tout allait comme prévu, elle retrouverait son mari — un homme nouveau qui prendrait soin de sa femme et de son enfant — et cette chère Serena resterait sur le carreau. Dégoûtée, celle-ci pourrait même décider de démissionner.

Megan avait envie de lever les bras et de crier de joie. Sauf que Luigi ne manquerait pas de lui poser des questions. Aussi se contenta-t-elle de sourire sagement.

Il faisait nuit lorsqu'ils arrivèrent à destination. Ils franchirent un portail imposant et débouchèrent dans une vaste propriété au fond de laquelle s'élevait un château, éclairé par des projecteurs ; celui-ci semblait aussi colossal que le palais de Buckingham. L'espace d'un instant, Megan fut déçue. Ils passaient d'un manoir sans âme à un autre…

Mais bientôt ils délaissèrent l'allée principale pour s'engager sur un chemin étroit, au-dessus duquel les branches nues des arbres formaient une voûte. Au bout de cinq cents mètres environ, les phares de la Mercedes révélèrent la silhouette d'une hutte en rondins ramassée dans l'ombre des hauts sapins.

— C'est ici ?

Luigi acquiesça.

— Ce chalet appartient à un de mes amis qui est aux Bahamas en ce moment.

Megan sortit de la voiture et courut vers la maisonnette. De la fumée montait de la cheminée et une lumière brillait à l'intérieur.

Elle se tourna vers Luigi qui l'avait suivie.

— J'ai demandé à ce qu'on chauffe avant notre arrivée, expliqua-t-il. Ouvre, la porte n'est pas fermée.

Un peu hésitante, Megan poussa le battant. Une bonne chaleur régnait à l'intérieur.

— Oh… Quel nid douillet ! s'exclama-t-elle en franchissant le seuil.

Elle entra dans un salon rustique avec une cheminée centrale. Il y avait des banquettes et des fauteuils garnis de coussins et, dans un coin, une table de bois brut et des chaises.

Elle s'avança pour poursuivre son exploration. Une porte s'ouvrait sur la cuisine d'où s'échappait une délicieuse odeur. Comment se faisait-il… ?

Avant qu'elle ait pu formuler sa question, Luigi ouvrait une porte donnant sur une salle de bains ; une autre révéla une chambre avec deux lits jumeaux.

Aïe… Elle n'avait pas prévu ça. A moins qu'ils ne dorment tous les deux dans le même ? Intime certes, mais peu confortable.

Megan repéra un escalier étroit dans une encoignure et, du coin de l'œil, elle vit que Luigi l'invitait à monter. Il s'agissait d'une mezzanine qui dominait tout l'espace du salon. Au fond, invisible depuis le rez-de-chaussée, se trouvait un grand lit recouvert d'un beau couvre-lit en patchwork. Par une ancienne porte d'étable, on accédait à une salle d'eau dotée d'une cabine de douche. Les étagères étaient remplies de serviettes de bain. Il n'y avait pas de fenêtre et l'éclairage était savamment dissimulé. L'ensemble dégageait une impression très intime.

— Alors, ça te plaît ? demanda Luigi.

— C'est coquet, acquiesça-t-elle avec prudence.

En fait, c'était parfait. Cet agencement rendrait son

plan facile à exécuter. Etait-ce aussi dans l'optique de la séduire que Luigi l'avait invitée ici ? Bizarrement, elle n'avait pas pensé à ça. Mais peut-être était-il déjà venu ici… avec Serena ? A cette pensée, elle sentit une brusque nausée l'envahir.

— Qu'y a-t-il ? s'enquit Luigi en remarquant sa mine assombrie.

— Rien.

— A d'autres, Megan. Tu ne te sens pas bien ? Est-ce que tu as faim ? Bien sûr, tu n'as presque rien avalé à midi. Viens, descendons manger. Je déchargerai la voiture plus tard.

Une fois au rez-de-chaussée, il insista pour qu'elle s'asseye pendant qu'il mettait la table. Puis il ouvrit une bouteille de vin, coupa des croûtons et enfin déposa au centre de la table une marmite fumante.

— Ça devrait nous rassasier, dit-il. Moi aussi, j'ai une faim de loup.

Entre-temps, Megan s'était ressaisie. Quelle importance si Serena avait ou non mis les pieds ici ? Elle avait là une chance de sauver son mariage et elle la saisirait.

— Qui a préparé ce délicieux bœuf Stroganoff ? demanda-t-elle.

— L'employée de maison de Michael, l'ami qui possède le manoir que tu as vu en arrivant.

— Eh bien, nous la remercierons. C'est une cuisinière hors pair, comme Edwina.

— Je ne sais pas si elle passera souvent ici. Vu la quantité de nourriture qu'elle a stockée, il y a de quoi tenir un siège, répondit Luigi en riant.

— Au fait, as-tu dit à ton ami qui tu invitais chez lui ?

— Bien sûr. Michael a cru à une blague quand je lui ai dit que je venais avec ma femme, parce qu'il savait que nous étions séparés. Mais c'est un chic type, italien par son père comme moi. Un jour, je te le présenterai.

Il parlait comme s'il était évident qu'elle resterait. Oui, elle voulait partager sa vie, mais seulement à ses conditions. Et celles-ci n'incluaient pas une certaine créature rousse…

11.

Pendant le dîner, Megan réussit à chasser de son esprit toute pensée de Serena et à se concentrer exclusivement sur Luigi. Ce n'était pas très difficile. Dans ce chalet douillet avec ses parois de bois et sa lumière tamisée, elle avait l'impression d'être dans un autre monde. Un monde où il n'y aurait qu'eux deux…

Luigi lui sourit, ses yeux sombres rivés aux siens.

— Tu as l'air d'aller mieux.

— Oui, tu avais raison. J'avais très faim. Ce bœuf Stroganoff était une merveille.

— Et tu as l'air plus heureuse aussi, reprit-il.

Si seulement il savait ce qui lui donnait cette mine réjouie, pensa Megan. Par prudence, elle se rabattit sur le sujet de la météo.

— C'est drôle qu'il n'y ait pas de neige ici.

— En effet. Mais il a beaucoup neigé en Ecosse, dans la région d'Aviemore. Nous pourrons aller skier là-bas.

— J'ai sûrement oublié comment on skie, répondit Megan en se souvenant qu'elle n'avait plus pratiqué cette discipline depuis leurs vacances en Norvège, pendant la première année de leur mariage.

— Ça ne s'oublie pas. C'est comme le vélo.

Ou comme faire l'amour avec lui, songea-t-elle. Elle n'avait jamais oublié ces moments de plaisir partagés, même quand elle avait cru détester Luigi. Une vague de chaleur l'envahit et elle serra les cuisses pour essayer d'endiguer le désir qui l'assaillait.

— Je n'ai pas très envie d'aller à la montagne, dit-elle.

— Tant mieux, parce que ça ne me dit rien non plus, répondit Luigi en souriant. Je préfère rester ici avec toi. C'est le meilleur endroit que je connaisse pour récupérer et se reposer. Et nous devons faire le point et rattraper le temps perdu.

Megan sourit intérieurement. Il risquait de ne pas avoir beaucoup de repos…

— J'aimerais que nous décidions de prendre un nouveau départ, lança-t-il.

Et comment ! approuva-t-elle in petto.

Comme elle gardait le silence, il demanda :

— Rien à dire là-dessus ?

— Je suis un peu fatiguée du voyage, c'est tout. Débarrassons la table. Ensuite, nous pourrons nous asseoir confortablement et écouter de la musique.

Et de la musique romantique de préférence, propice à la séduction, ajouta-t-elle en elle-même.

— Bonne idée, déclara Luigi en se levant. Je me charge de débarrasser. Veux-tu choisir un CD ? Tu n'auras que l'embarras du choix.

C'était surprenant de le voir s'occuper des tâches ménagères, d'autant qu'il semblait y prendre goût, constata Megan. Alors, pourquoi diable avait-il acheté ce manoir immense et froid où il vivait ? Etait-ce juste un signe extérieur de richesse pour prouver qu'il avait réussi ? Elle ne voyait pas ce que ce mausolée pouvait représenter d'autre. Quand ils seraient ensemble pour de bon — et qu'elle aurait évincé Serena — elle insisterait pour qu'ils déménagent.

Ils pouvaient vivre dans une grande maison sans que celle-ci soit impersonnelle. Surtout, elle ne voulait pas se sentir perdue au milieu d'une armée de domestiques. Ils continueraient d'employer Kate, et peut-être une employée de maison à temps partiel ; celle-ci serait indispensable s'ils avaient d'autres enfants…

Ses pensées ne l'avaient jamais poussée aussi loin, mais l'idée d'avoir un autre bébé la laissait rêveuse. Charlotte, elle, serait ravie…

— Eh, tu es censée choisir la musique, pas rêvasser, fit soudain la voix moqueuse de Luigi.

Après avoir rangé la cuisine, il revenait vers elle et la trouvait agenouillée au milieu du salon, le regard perdu.

— Au moins, tu pensais à quelque chose d'agréable, ajouta-t-il, car tu avais un magnifique sourire. Je craignais que tu n'aimes pas cet endroit ou que Charlotte te manque trop. Au fait, voudrais-tu lui téléphoner avant que nous nous installions ? Il n'y a pas de téléphone ici, mais j'ai mon portable.

A sa grande consternation, Megan constata qu'il n'y avait pas de réseau à l'endroit où ils se trouvaient. Après être sortie du chalet et avoir orienté le téléphone en tous sens, elle regarda Luigi avec inquiétude.

— Et si Kate a besoin de nous appeler ? Peut-être que Charlotte est malade depuis sa chute dans l'étang ?

Il passa un bras autour de ses épaules pour la rassurer.

— Ne cède pas à la panique. J'ai donné le numéro du château à Kate. En cas d'urgence, un employé viendra nous prévenir.

Il avait vraiment pensé à tout, se dit Megan avec un mélange de soulagement et d'admiration. Comme il était prévenant… Pourquoi s'était-elle mis en tête qu'il pensait plus à son travail qu'à elle ? Ou s'efforçait-il de lui faire bonne impression ? Cela durerait-il ?

— Viens, rentrons, dit-il doucement. Tu vas prendre froid.

Il avait raison, la nuit était glaciale. Une fois à l'intérieur, elle approcha ses mains du feu.

— On finit le vin ou tu préfères une boisson chaude ? proposa Luigi.

— Finissons le vin. Je te laisse choisir la musique.

Pendant que Luigi sélectionnait des CD et remplissait leurs verres, elle jeta quelques bûches dans la cheminée. Puis ils s'installèrent dans les fauteuils l'un en face de l'autre.

Luigi ferma les yeux et laissa échapper un soupir de satisfaction.

— Je ne me souviens pas de la dernière fois que j'ai fait un break loin de tout, dit-il.

— Tu devrais faire ça plus souvent. Ça fait du bien à l'âme, paraît-il.

Maintenant qu'elle pouvait l'observer à son insu, Megan remarqua des sillons de fatigue autour de ses yeux et de ses lèvres, qu'elle n'avait jamais vus. Quelques cheveux argentés striaient ses tempes, mais elle trouvait cela plutôt séduisant.

Soudain, elle s'aperçut que ses paupières n'étaient pas closes. Luigi l'étudiait aussi !

Elle but une gorgée de vin pour se donner du courage. Puis, lentement, elle se leva et vint s'asseoir à ses pieds.

Elle perçut sa surprise. Néanmoins, il ne fit aucun commentaire.

Les chœurs de *Finlandia* emplissaient la pièce.

— C'est si agréable, murmura-t-il au bout d'un moment.

— Mmm, acquiesça Megan d'un air rêveur.

Elle se mit à caresser sa cuisse, décrivant de petits mouvements furtifs du bout des doigts. Puis sa main monta plus haut, rendant chaque caresse plus audacieuse et plus intense que la précédente. Jusqu'à ce que Luigi se redressât en sursaut.

— Megan, tu cherches à m'embarrasser, petite sorcière !

— Moi ? Oh ! désolée. Je… J'écoutais la musique.

Elle se leva et retourna à sa place. C'était difficile de

garder une expression innocente et elle avait une forte envie de rire. En même temps, elle voulait le toucher de nouveau, jauger la force de ses sentiments pour elle. Plus tard… Pour l'heure, elle se contenterait de le taquiner, de se faire désirer comme une femme fatale.

— Tu ne voulais pas que je reste assise là auprès de toi ? demanda-t-elle avec une légère moue.

— Bien sûr que si, viens, dit-il doucement.

Qu'est-ce qui avait poussé Megan à venir s'asseoir près de lui ? Etait-ce parce que Charlotte lui manquait ? Avait-elle besoin de réconfort ? Il avait cru d'abord qu'elle cherchait à l'exciter, mais il avait dû se tromper. Depuis le lendemain de Noël, elle lui battait froid.

Megan reprit sa position. Les bras croisés sur les genoux de Luigi cette fois, elle appuya sa tête et regarda les flammes qui dansaient dans la cheminée.

— C'est si paisible ici, murmura-t-elle.

— Content que cette ambiance te plaise. C'est vrai que c'est parfait. A l'opposé de mon quotidien trépidant.

— Je ne te le fais pas dire, répondit-elle. Combien de temps avant que tu ne ressentes le besoin de retourner au cœur des affaires et de l'agitation ?

— Bizarrement, je n'en ai aucune envie. Tout ce que je désire, c'est de rester avec toi et faire en sorte que notre mariage tienne.

Tout en parlant, il lui caressa les cheveux. Ils étaient si doux et sentaient si bon que, sur une impulsion, il voulut enfouir son visage dans leur blondeur. Il eut toutes les peines du monde à se contrôler et à apaiser le désir furieux qui montait en lui.

Megan releva la tête et le regarda. A la lueur du feu, il crut lire de l'amour dans ses yeux. Il se trompait, bien sûr, mais l'espace d'une fraction de seconde il retrouva la jeune femme rencontrée un soir d'hiver, des années plus tôt, et qui l'avait adoré dès ce jour-là.

Sans un mot, il l'aida à se redresser et l'invita à s'asseoir sur ses genoux. Il s'attendait à un refus, aussi fut-il heureux et émoustillé quand elle se coula contre lui.

La musique de *Finlandia* céda la place à une mélodie de Frank Sinatra. Megan avait posé sa tête au creux de son épaule et la voix du crooner les enveloppait. Luigi eut l'impression que son rêve était à portée de main…

Megan approcha ses lèvres et doucement lui mordilla le lobe de l'oreille. Luigi fit entendre un gémissement de satisfaction. Comme s'il attendait la suite… Seulement, elle n'avait pas prévu de passer à l'acte si tôt.

— Oh ! je suis désolée, dit-elle en s'écartant. Je ne sais pas ce qui m'a pris. L'impression d'être revenue en arrière sans doute. Mais tu dois être fatigué d'avoir conduit si longtemps…

— Quoi ? Tu t'arrêtes là ? s'exclama-t-il. Juste au moment où ça devenait intéressant ! A moins bien sûr que tu suggères que nous allions nous coucher *ensemble* ?

— Non. Je prendrai l'un des lits jumeaux. Tu peux dormir à l'étage.

Sur quoi, Megan se leva.

Luigi avait du mal à contrôler sa fureur et sa frustration. Ce n'était pas ainsi qu'il avait envisagé de terminer la soirée. Il avait été presque sûr qu'elle était près de lui céder. Tout dans son attitude l'avait indiqué.

Il prit une profonde inspiration et se leva. Il aurait aimé la convaincre de partager le grand lit sur la mezzanine, mais une voix intérieure lui souffla que ça ne servirait à rien d'insister. Il devait jouer cette partie suivant les règles qu'elle lui imposait s'il voulait parvenir à un résultat avec elle. Et puisque Megan se risquait à flirter avec lui, qu'elle ne lui opposait plus sa froide indifférence, il pouvait se permettre d'être patient. Du moment qu'elle ne répétait pas ce numéro tous les soirs.

— Comme tu voudras, dit-il aimablement. Je n'aurais pas dû tirer de conclusions hâtives.

Il capta une brève expression de regret dans ses yeux gris. Ainsi, elle s'était attendue à ce qu'il fasse une objection ?

— Non, tu n'aurais pas dû, répondit-elle néanmoins. Bonne nuit, Luigi.

Elle se pencha et, contre toute attente, l'embrassa sur les lèvres.

Megan sourit intérieurement en percevant sa surprise et ne protesta pas quand, quelques secondes plus tard, les bras de Luigi se refermèrent sur elle. Elle avait toujours l'intention de dormir seule mais, en attendant, ceci était très agréable à prendre. Et si sensuel…

Quant à Luigi, il était sans doute complètement dérouté par son petit jeu et peut-être commençait-il à comprendre que lui imposer sa volonté ne le mènerait nulle part.

— Merci de m'avoir amenée ici, susurra-t-elle en ondoyant contre lui. Fais de beaux rêves. A demain.

Comme il s'apprêtait à resserrer son étreinte autour d'elle, Megan s'esquiva, un sourire innocent aux lèvres, et s'éloigna vers la chambre.

Ce ne fut que quand elle eut refermé la porte qu'elle s'aperçut que Luigi avait porté leurs deux valises dans la mezzanine après le dîner. Mince ! Pour une fois qu'elle contrôlait la situation, c'était frustrant d'avoir oublié ce genre de détail.

Un instant plus tard, elle entendit frapper et le battant s'ouvrit doucement.

— Tu as oublié quelque chose, dit Luigi, tout sourire, en lui tendant son bagage.

Megan piqua un fard et lui arracha presque la valise des mains.

— Oui. Merci.

— As-tu besoin d'autre chose ?

— Non, ça ira.

— Tu changeras peut-être d'avis, dit-il sans se départir de son sourire moqueur. Les nuits sont froides ici.

— Si j'ai froid, je viendrai me glisser dans ton lit, répondit-elle par bravade.

— Alors, je t'attendrai. Bonne nuit.

« Tu risques d'attendre longtemps ! » pensa Megan quand enfin il referma la porte.

Quand elle se réveilla, le lendemain, une lueur pâle filtrait entre les rideaux. L'espace d'un instant, elle se demanda où elle était, puis recouvrant ses esprits elle sortit du lit et courut à la fenêtre, impatiente de découvrir le paysage.

A leur arrivée, la veille, il faisait trop sombre pour qu'on puisse distinguer quoi que ce soit. A son grand plaisir, Megan constata que le chalet se trouvait presque en bordure d'un lac. Elle repéra un sentier qui menait jusqu'à la rive. Et tout à coup elle aperçut Luigi.

Engoncé dans un anorak épais, les mains dans les poches, il descendait vers le bord de l'eau. Pourquoi ne l'avait-il pas réveillée ?

Après un rapide passage dans la salle de bains, elle revêtit un pull mauve et un pantalon prune, les vêtements les plus chauds qu'elle avait emportés. Puis elle sortit du chalet et se mit à courir le long du sentier.

Luigi se détourna et, quand elle arriva à sa hauteur, il lui prit les mains et lui sourit.

— Je ne pensais pas que tu te lèverais si tôt, dit-il. Bien dormi ?

— Comme un loir. Et toi ? demanda-t-elle, le souffle court.

— Moi aussi.

Megan feignit de le croire, même si elle remarqua des ombres mauves au bord de ses paupières.

— Pourquoi ne m'as-tu pas dit que nous étions si près d'un lac ? s'exclama-t-elle en contemplant les montagnes enneigées au loin et le tapis verdoyant des champs et des forêts qui glissait vers l'eau miroitante. C'est grandiose !

— Je savais que cet endroit te plairait.

— J'aimerais tellement que Charlotte soit là, dit-elle soudain, les yeux brillants. Elle adorerait la hutte en rondins et tout cet espace.

— Tu serais rassurée de la voir courir auprès d'un si grand lac ? A côté, mon étang ressemble à une mare.

Un frisson de crainte la parcourut.

— Tu as raison, dit-elle avec émotion.

Luigi passa un bras autour de ses épaules.

— Viens. Rentrons, sinon nous allons être gelés. Il se pourrait qu'on ait de la neige.

Le ciel se couvrait en effet et Megan sentait le vent mordant lui griffer les joues. Tandis qu'ils rebroussaient chemin, Luigi garda son bras autour d'elle. C'était si réconfortant qu'elle se hissa sur la pointe des pieds pour lui déposer un petit baiser sur la joue. Ce geste anodin dut le toucher, car il resserra son étreinte et une flamme chaleureuse brilla dans les profondeurs de ses prunelles.

Une fois à l'intérieur, Luigi se chargea du petit déjeuner et Megan dressa la table dans le salon. Une bonne flambée crépitait déjà dans la cheminée, nota-t-elle. C'était l'endroit rêvé pour une offensive de charme.

Elle revint vers la cuisine et, s'arrêtant sur le seuil, elle regarda Luigi casser des œufs dans une poêle.

— Tu es devenu un vrai chef, déclara-t-elle d'un ton léger.

— Après ton départ, il a bien fallu que je m'y mette.

C'était ça ou manger en ville tous les jours… et devenir obèse.

— J'ai du mal à t'imaginer en surpoids, dit-elle en laissant errer son regard sur sa silhouette athlétique.

Luigi portait un polo bleu ciel et un pantalon bleu marine qui soulignait ses hanches étroites et ses fesses fermes. Megan avait les sens en alerte.

— Tu fais toujours du sport ? s'enquit-elle.

— Non, plus maintenant. Le travail me prenait trop de temps. Mais…

— Mais ce n'est plus le cas ? J'espère que c'est ce que tu allais me dire, suggéra-t-elle finement.

— Oui. Pourquoi voudrais-je travailler comme un fou sept jours sur sept quand je suis marié à la plus belle femme du monde ? dit-il en souriant.

Si c'est vrai, pourquoi gardes-tu une maîtresse ?

Megan s'abstint néanmoins de formuler cette accusation. Elle mettait beaucoup d'espoir dans ces vacances en tête à tête.

— Continue à me dire des choses aussi gentilles et nous pourrions bien avoir un avenir en commun, déclara-t-elle.

Le sourire que Luigi lui renvoya était si sensuel qu'elle sentit les pointes de ses seins se dresser sous son pull. Une réaction qui s'accentua quand elle vit qu'il baissait les yeux vers elle pour la détailler avec insistance.

Bientôt, un crépitement se fit entendre. Luigi reporta son attention sur la poêle, juste à temps pour sauver les œufs.

— Hmm… Je ferais peut-être mieux de m'en aller, dit Megan avec un petit rire. Sinon, nous allons manger du charbon.

— Et moi, je ferais mieux d'embrasser ma délicieuse épouse.

Il mit la poêle hors du feu et vint se poster devant elle.

— Tu es très en beauté ce matin. L'air frais te donne des couleurs.

Megan ne comprit pas tout de suite qu'il venait de prendre l'avantage et que les rôles s'inversaient. Elle désirait son baiser, le réclamait de toutes ses forces, de sorte qu'elle entrouvrait déjà les lèvres comme une personne assoiffée en se penchant vers lui, le cœur battant.

— Je pense que nous devrions oublier le petit déjeuner, murmura Luigi d'une voix rauque.

Non ! Ce n'était pas ce qu'elle avait prévu, se dit Megan dans un sursaut de lucidité. Commandant un sourire angélique sur ses lèvres, elle se força à poser ses mains sur le torse de Luigi pour le repousser. En sentant son cœur cogner sous sa paume, elle se troubla et faillit renoncer. Vaillamment, elle se ressaisit.

— Pas question ! Je meurs de faim.

Sur ces mots, elle le planta là et retourna dans le salon.

En entendant Luigi ravaler son souffle, elle esquissa un sourire amusé. Même si elle était frustrée elle aussi, elle se plaisait à aiguillonner son désir par des taquineries pour lui donner un avant-goût de la passion. Pourvu que Luigi apprécie ce jeu.

En attendant de le savoir, elle prit place à table et remplit leurs verres de jus d'orange.

— Voilà, c'est prêt.

Luigi posa cafetière et théière sur la table, puis alla chercher les toasts et enfin l'assiette qu'il lui avait préparée.

— Merci.

Bacon, saucisses, demi-tomates grillées, œuf… Ce serait un miracle si elle arrivait à tout engloutir, pensa Megan. Elle avait faim, certes, mais faim de lui plus que de nourriture.

— Je croyais que tu étais affamée, dit-il, voyant qu'elle ne mangeait pas.

— Je le suis.

Elle releva la tête. Sur les traits de Luigi, elle lut non pas le désir qu'elle escomptait, mais une réelle inquiétude.

— Et si je te donnais moi-même à manger ? proposa-t-il.

Il coupa un morceau de bacon et le prit entre ses doigts pour le lui offrir.

Les yeux rivés aux siens, Megan se pencha légèrement et ouvrit la bouche. En sentant la caresse rude et tiède de ses doigts contre ses lèvres, elle eut une folle envie de les sucer. Mais déjà Luigi écartait sa main et lui préparait une autre bouchée.

Ce petit jeu se prolongea et bientôt elle prit l'initiative de lui présenter la nourriture de son assiette de la même façon. C'était terriblement érotique. Les yeux de Luigi s'assombrissaient chaque fois qu'elle s'essuyait les lèvres du bout de la langue.

Megan ne sut jamais comment ils réussirent à terminer le repas sans se jeter l'un sur l'autre pour faire l'amour sur la peau de chèvre étalée devant la cheminée.

— Ça, c'était un petit déjeuner, déclara-t-il quand il eut avalé d'une traite deux tasses de café.

— Oui, c'était parfait. Que dirais-tu d'une promenade digestive, maintenant ?

Il se tourna vers la fenêtre.

— Il commence à neiger. Je pensais à une forme d'exercice bien plus séduisante.

Le problème était qu'il considérait leur réconciliation comme acquise, pensa Megan. Mais ce serait trop facile. Il allait bientôt se rendre compte que certaines choses méritaient quelques efforts.

Comme retenir une épouse qu'il avait trop négligée par le passé, par exemple…

12.

Megan insistait pour sortir. Mais quand ils eurent enfilé leurs anoraks, la neige tombait à gros flocons.

— On y va ? demanda-t-elle, tandis qu'ils se tenaient frileusement sur le seuil. Si ça continue, il y en aura bientôt une bonne couche.

— Je marche si tu marches.

— D'accord ! lança-t-elle en riant.

Ils avancèrent avec précaution sur le chemin du lac, laissant déjà leurs empreintes dans la neige fraîche. Soudain, Megan dérapa. Heureusement, les bras forts de Luigi la rattrapèrent à temps.

L'air froid qui changeait leurs souffles en brume blanche formait un violent contraste avec le feu qui couvait au fond d'elle-même, songea Megan.

Hélas, quand elle glissa de nouveau, elle ne put éviter la chute, car Luigi l'avait relâchée, le temps de lui montrer un canard qui s'abritait sous les hautes herbes. Elle partit à la renverse et tomba brutalement sur le dos.

Luigi s'agenouilla, le visage marqué par l'inquiétude.

— Tu es blessée ?

— Seulement à l'intérieur, répondit-elle avec un sourire énigmatique.

— Que veux-tu dire ?

— Qu'il n'y a que toi qui puisses y remédier. Fais-moi l'amour, Luigi. Maintenant !

Megan se demanda si c'était vraiment elle qui prononçait ces paroles. Mais c'était ce que son cœur désirait le plus en cet instant, reconnut-elle.

— Tu es sûre ?

L'ombre d'un sourire incurvait les lèvres de Luigi, et elle sut que l'idée le séduisait aussi.

— Tu es complètement folle. Je ne suis jamais au bout de mes surprises avec toi.

Megan dut admettre que, dans ce cas précis, elle se surprenait elle-même. Elle s'attendait à ce qu'ils en restent là, à cause du froid. Aussi se sentit-elle euphorique quand Luigi se coucha au-dessus d'elle et se mit en devoir de les satisfaire tous les deux avec la fougue qui le caractérisait. Bien qu'ils soient dans l'impossibilité de se dévêtir, aux yeux de Megan cette expérience surpassait toutes les autres.

Quand ils eurent enfin repris leurs souffles, ils coururent en riant jusqu'au chalet, avides de poursuivre leurs ébats dans la chambre. Auparavant, ils se douchèrent, profitant de la spacieuse cabine pour se livrer à des jeux sensuels. Puis Luigi insista pour la sécher minutieusement, tout en caressant chaque zone sensible de son corps des mains et de la langue.

Megan était brûlante de désir quand il la porta jusqu'au lit. Pour autant, il refusa de céder à la précipitation.

— Patience, murmura-t-il d'une voix sourde. Nous avons tout le temps.

Et elle qui pensait maîtriser la situation, songea Megan. Elle était sans volonté et Luigi faisait d'elle tout ce qu'il voulait. Et avec quel art !

Bientôt, elle ondulait de manière incontrôlable sous ses caresses. Il la menait vers un tel crescendo de sensations qu'elle sut qu'elle allait jouir avant même qu'il l'eût possédée.

Enfin, il la pénétra, lentement comme il l'avait promis.

Quand Megan noua ses jambes autour de lui et hissa ses hanches avec frénésie, il laissa échapper un gémissement guttural et entre eux le monde explosa.

Plus tard, quand ils eurent repris pied dans la réalité, Luigi déclara :

— Tu es vraiment une femme incroyable. Je pensais tout connaître de toi. Mais faire l'amour dans la neige… Depuis quand avais-tu ce fantasme ?

Douillettement blottie contre lui, Megan sourit.

— Je ne l'ai jamais eu, avoua-t-elle. Et j'en frissonne en y repensant.

— En tout cas, c'est l'expérience la plus érotique que j'aie faite. Je t'aime, Megan Costanzo.

Cet aveu la laissa sous le choc.

— Pardon ? demanda-t-elle d'une voix à peine audible.

— Oui, je t'aime.

Son intonation suggérait qu'il ne comprenait pas pourquoi elle était si étonnée.

— Tu le penses vraiment ? insista Megan.

— Bien sûr. Je t'ai toujours aimée.

— Tu ne me l'as jamais dit.

— Je sais, admit-il. Et j'en suis désolé. Ce n'est pas si facile à dire.

— A cause de ton enfance ?

Il hocha la tête et une ombre voila son regard.

— Pourquoi me le dire maintenant ? poursuivit Megan. Qu'y a-t-il de changé ?

— Nous deux. Je commence à comprendre quel salaud j'ai été et je veux tenir ma promesse de moins travailler pour accorder la priorité à ma famille. Et depuis que nous sommes ici, certaines choses ont changé aussi. Tu es plus détendue, et moi aussi par conséquent. Voilà pourquoi j'arrive à exprimer ce que je gardais au fond de mon cœur.

Megan eut l'impression que tous ses souhaits se réalisaient d'un seul coup. Néanmoins, elle voulait rester prudente. Luigi était peut-être sous le coup de l'émotion, après l'amour…

— Nous en reparlerons, dit-elle.

— Ça veut dire que tu ne me crois pas ?

— J'ai envie de te croire, Luigi.

— Mais tu ne me fais toujours pas confiance ! s'emporta-t-il.

Roulant au bord du lit, il se leva et la contempla avec colère.

— Bon sang ! Megan… Jusqu'où un homme doit-il aller pour sauver son mariage ? Tu veux que je te supplie à genoux ? Pour ça, tu peux toujours courir. Accepte-moi tel que je suis, ou pas du tout.

Megan sentait aussi la colère monter en elle. Puisqu'il le prenait comme ça, il allait en avoir pour son grade !

A son tour, elle se leva.

— Si tu veux le savoir, je ne veux pas d'un mari qui soit déjà accompagné, lança-t-elle.

Elle saisit sa robe de chambre et s'en enveloppa, tandis que Luigi restait planté devant elle dans toute la splendeur de sa nudité.

— Accompagné ? Qu'est-ce que tu racontes ?

— Inutile de jouer les innocents.

— Tu veux parler de Serena ? Bonté divine ! Quand accepteras-tu qu'il n'y a rien entre elle et moi ?

— Ce n'est pas ce qu'elle m'a dit.

Il se figea, le souffle coupé.

— C'est *Serena* qui t'a dit… qu'elle et moi… étions amants ? Quand ? La veille du jour de l'an ?

Megan acquiesça.

— Pourquoi aurait-elle fait ça ? dit-il en secouant la tête avec incrédulité.

— Parce qu'elle est amoureuse de toi, idiot !

Il ébaucha une grimace.

— Mais je ne suis pas amoureux d'elle.

— Ça rend une femme encore plus déterminée. Tu ne savais pas ça ?

— Tout ce que je peux te dire, c'est qu'elle n'a pas réussi avec moi, assura-t-il. Je n'ai pas couché avec elle. Je n'en ai jamais eu l'envie.

Ces mots étaient empreints d'une telle sincérité que, brusquement, Megan réalisa qu'il lui disait la vérité.

— Je ne veux même pas connaître le détail de ce qu'elle t'a dit, poursuivit-il avec mépris. Mais à notre retour je la convoquerai au bureau. Elle changera d'attitude ou elle perdra sa place !

Le cœur de Megan se gonfla de joie.

— Luigi… je te crois.

Elle vit le soulagement l'envahir. Son corps se détendit et un lent sourire revint sur ses lèvres.

— Je t'aime vraiment, Megan. Il n'y a de place que pour toi dans ma vie. Resteras-tu auprès de moi ?

La gorge nouée, Megan acquiesça.

— Oui. Je t'aime moi aussi.

Il la reçut dans ses bras en riant.

— Je t'aime, je t'aime, je t'aime…, clama-t-il.

Il ne pouvait plus s'arrêter de prononcer ces mots-là. Pour la première fois de sa vie, il trouvait facile d'exprimer ses émotions.

— Nous formons un couple incroyable, toi et moi, dit Megan avec un sourire radieux.

— Oui, au lit et en dehors, acquiesça-t-il en entrouvrant les pans de sa robe de chambre.

Au contact de leurs chairs, ils s'embrasèrent aussitôt. Ensemble, ils basculèrent sur le lit qu'ils venaient de quitter et le temps parut s'arrêter…

Les deux jours suivants se déroulèrent suivant le même programme. Ils faisaient l'amour avec une passion dévorante qui les menait jusqu'au bout du plaisir, puis s'endormaient blottis l'un contre l'autre et n'émergeaient de la chambre que lorsqu'une faim plus prosaïque se faisait sentir.

Et, bientôt, ce fut l'heure de rentrer au manoir.

Les bagages chargés dans le coffre, ils inspectèrent une dernière fois le chalet.

— Nous avons passé de fabuleux moments ici. Mais Charlotte me manque, déclara Megan.

— A moi aussi, répondit Luigi. J'ai une femme merveilleuse et une fille adorable. Et j'espère qu'un jour, dans un avenir pas trop lointain, nous lui donnerons un frère ou une sœur.

— Cela pourrait arriver plus tôt que tu ne penses, annonça Megan avec un sourire timide.

Luigi emprisonna son visage entre ses paumes, et son regard refléta un mélange de stupeur et d'incrédulité.

— Qu'est-ce que tu viens de dire ?

— Eh bien, j'ai un peu de retard et…

Elle s'arrêta en voyant l'émerveillement naître dans les yeux de son mari.

— Nous avons conçu ce bébé le jour de Noël ? Ou le lendemain ?

Megan hocha la tête.

— Bien sûr, il se peut que ce soit juste un désordre hormonal, parce que ma vie a été plutôt bouleversée ces derniers temps. C'est un peu tôt pour le dire, mais…

— Mais j'en suis sûr ! exulta Luigi. J'ai remarqué que ton visage avait un éclat particulier. Je t'aime, Megan, et j'aime notre fille, plus que tu ne pourrais l'imaginer. J'ai bien l'intention d'être le meilleur père pour tous nos enfants.

Une joie indicible emplit le cœur de Megan. Oui, Luigi avait bien changé. Elle en était sûre, maintenant. Il serait un mari aimant et dévoué.

— Charlotte a reçu un papa en cadeau de Noël,

poursuivit-il rêveusement. Et nous avons conçu un bébé à Noël. N'est-ce pas magique ?

— Je le pense aussi, acquiesça-t-elle. Luigi, il y a une chose que je dois faire.

— Laquelle ? s'enquit-il en souriant. Pas sûr que nous ayons le temps de refaire l'amour.

— Mmm… Je ne sais pas si je vais pouvoir attendre que nous soyons arrivés à la maison, répondit-elle, un sourire provocant aux lèvres. Mais il s'agit d'autre chose : je dois avertir mes parents que nous sommes de nouveau ensemble. Ils t'admiraient tant qu'ils ont été très fâchés contre moi quand je t'ai quitté. En fait… Nous ne nous parlons plus.

— Je sais, répondit Luigi. Je les ai contactés quand j'essayais de te retrouver. Et je leur ai promis de les rappeler si jamais j'avais de tes nouvelles.

— C'est ce que tu as fait ? demanda Megan, le cœur battant.

Il prit un air coupable.

— Ils avaient besoin de savoir que tu allais bien, avoua-t-il. Et ils seraient fous de joie de connaître Charlotte. Je sais, j'aurais dû t'en parler, mais je n'étais pas sûr que tu reviendrais vers moi. Tu insistais tellement pour que ce soit juste une trêve de Noël, et rien d'autre.

— Qu'aurais-tu fait si j'étais repartie ?

— J'aurais pensé à un moyen de te récupérer. Ma chérie, tu peux me croire, je n'aurais pas supporté que tu t'en ailles de nouveau.

— Tu n'as plus d'inquiétude à avoir maintenant, dit-elle, touchée par la conviction et l'amour qui imprégnaient sa voix. Il y encore deux choses…

Luigi soupira.

— Alors, vas-y. Pas la peine de garder des squelettes dans le placard.

— Primo, il n'y a jamais rien eu entre Jake et moi. Je

t'ai laissé croire le contraire uniquement pour te rendre jaloux. Je te demande pardon.

Il parut soulagé.

— Je détestais l'idée que ce type t'ait touchée.

— En fait, il n'y a eu personne d'autre que toi.

Cette fois, Luigi ébaucha un sourire heureux.

— Et la deuxième chose ?

Megan déglutit avec peine.

— Ne le prends pas mal, mais… Je n'aime pas le manoir. Pourrions-nous déménager ?

— Tu veux savoir la vérité ? dit-il d'un air désabusé. Moi non plus, je ne l'aime pas. Je m'en rends compte depuis que Charlotte et toi vous y séjournez. Ce n'est pas une maison familiale. Nous choisirons une autre maison ensemble, ma chérie. Et elle devra être assez grande pour accueillir tous les enfants que nous voulons avoir.

Il posa une main sur le ventre de sa femme.

— T'ai-je dit qu'il y avait des jumeaux dans ma famille ?

— Oh ! Pitié ! dit Megan en riant.

Mais, au fond d'elle-même, l'idée d'avoir beaucoup d'enfants la rendait folle de joie. Car elle savait que Luigi les adorerait.

Ne manquez pas, dès le 1er janvier

MARIAGE AU ROYAUME, Kate Walker • N°3425

Mariage Arrangé

A en juger par la colère qui brille dans le regard d'Alexei Sarova, Ria comprend que ce dernier n'a rien pardonné. Et qu'il n'a pas oublié que dix ans plus tôt, sa famille l'a dépossédé du trône et contraint à l'exil. Pourtant, hors de question de se laisser déstabiliser : si elle est venue le trouver aujourd'hui, c'est parce que lui seul, l'héritier légitime, peut empêcher le royaume de Mecjoria de sombrer dans le chaos. Aussi doit-elle à tout prix le convaincre de faire valoir ses droits à la couronne. Mais, quand Alexei lui annonce ses conditions, Ria sent l'angoisse l'envahir : il n'acceptera ce retour à Mecjoria, où tant de ses ennemis conspirent encore, qu'à condition qu'elle l'épouse. Une exigence, elle le pressent avec effroi, dictée par le désir de vengeance...

AU PIÈGE DU DÉSIR, Natalie Anderson • N°3426

Etre réveillé en pleine nuit par les baisers d'une d'inconnue au corps brûlant de passion et aux courbes affolantes ? Ruben n'a rien contre, au contraire ! Mais, lorsqu'au matin, la belle inconnue lui avoue qu'elle s'est trompée de chambre, il sent une étrange irritation l'envahir. Une irritation qui se transforme en colère quand, après lui avoir dit qui elle était, elle refuse de poursuivre leur aventure. Puisqu'elle est si pressée de le fuir, il ne reculera devant rien. Quitte à lui faire une proposition impossible à refuser : un contrat qui assurera le succès à sa petite agence de voyage. Ainsi, il pourra sans nul doute la ramener dans son lit, et continuer à explorer l'étrange alchimie qui vibre entre eux...

L'HÉRITIÈRE DES PETRELLI, Kim Lawrence• N°3427

Enfant Secret

« Je te présente Roman Petrelli ». A peine Izzy pose-t-elle les yeux sur l'homme que son frère tient à lui faire rencontrer, qu'elle sent la panique l'envahir. Car, bien qu'elle n'ait jamais su son nom, le doute n'est pas permis : cet homme n'est autre que l'envoûtant inconnu avec lequel elle a passé une nuit d'amour aussi unique qu'inoubliable, deux ans plus tôt, avant qu'il ne disparaisse sans un mot d'explication. Bouleversée, Izzy comprend qu'est arrivé le jour qu'elle croyait ne jamais devoir vivre. Et que, dès que l'attention de Roman Petrelli se portera sur sa petite Lily — sa fille d'un an aux boucles brunes et aux grands yeux noirs si semblables aux siens, qu'elle tient blottie dans ses bras —, il exigera des explications.

UN ODIEUX CHANTAGE, *Cathy Williams* • N°3428

En pénétrant dans le bureau de Gabriel Garcia Diaz, Lucy sent son cœur se serrer d'angoisse. Comment l'impitoyable homme d'affaires réagira-t-il lorsqu'il comprendra la raison de sa venue et l'immense faveur qu'elle s'apprête à lui demander ? Deux ans plus tôt, déterminée à ne pas devenir une conquête de plus pour cet insatiable don Juan, elle avait trouvé la force de lui résister, malgré le désir fou qu'il lui inspirait. Et voilà qu'aujourd'hui, seul Gabriel peut l'aider à éviter la prison et le déshonneur à son père. Une aide que, contre toute attente, il semble prêt à lui accorder. Au prix, hélas, d'une odieuse condition : qu'elle devienne, enfin, sa maîtresse...

LA BRÛLURE DU SOUVENIR, *Annie West* • N°3429

Alors qu'elle recouvre à peine une liberté qu'elle croyait perdue à tout jamais, Lucy a la désagréable surprise de voir surgir devant elle Domenico Volpe. L'homme auquel elle a offert son cœur, cinq ans plus tôt, avant qu'il ne la trahisse. Incapable de croire en son innocence, il avait en effet choisi de l'abandonner en se rangeant au côté de sa famille, les puissants et terribles Volpe. Aujourd'hui, persuadé qu'elle va vendre leur histoire à la presse, Domenico exige qu'elle vienne vivre chez lui, pour mieux la surveiller. Furieuse, Lucy refuse. Mais bientôt, un espoir – fou et fragile – la fait revenir sur sa décision : et si c'était sa dernière chance de prouver son innocence à cet homme qu'elle a tant aimé, et de tourner, enfin, cette douloureuse page de son passé ?

LA FIANCÉE DÉFENDUE, *Anna Cleary* • N°3430

Lorsqu'il apprend que la femme avec laquelle il vient de vivre l'expérience la plus passionnée de son existence est fiancée à son cousin, Luc sent la brûlure de la trahison le transpercer. Bien sûr, il aimerait croire Shari lorsqu'elle lui jure que cette histoire est terminée depuis longtemps. Mais comment le pourrait-il alors que tous, dans sa famille, semblent ignorer cette rupture ? Pourtant, lorsqu'il découvre, quelque temps plus tard, que la jeune femme est enceinte, Luc comprend que sa vie pourrait bien être bouleversée à tout jamais. Car dès lors, une question le hante: est-il possible que cet enfant, comme l'affirme Shari, soit le sien ?

UN AMANT ARGENTIN, *Susan Stephens* • N°3431

Beau, ténébreux et... inaccessible, Luke Forster a toujours été le fruit défendu pour Lucia. Aussi, lorsqu'il pénètre dans le bar où elle travaille désormais, si loin de leur Argentine natale, sent-elle les battements de son cœur s'accélérer. Hélas, il ne faut absolument pas que Luke la voit. Comment pourrait-elle lui expliquer les terribles circonstances qui l'ont fait abandonner, sans rien en dire à sa famille, une carrière prometteuse à Londres pour ce bar malfamé de Cornouailles ? Mais Luke ne tarde pas à poser les yeux sur elle. Et à la seconde même, Lucia comprend qu'il l'a reconnue..

ENTRE LES BRAS D'UN MILLIARDAIRE, *Robyn Donald* • N°3432

 Seule, sans argent, et sans aucun moyen de quitter Londres pour rentrer chez elle en Nouvelle-Zélande, Siena pensait que sa situation ne pouvait être pire. C'était compter sans Nicholas Grenville. Nicholas, l'homme qui l'a séduite et abandonnée cinq ans plus tôt, sans qu'elle parvienne jamais à l'oublier… et la seule personne, aujourd'hui, à pouvoir lui permettre de regagner la Nouvelle-Zélande. Mais avant cela, elle devra séjourner avec lui quelques jours à Hong-Kong. Une proposition qu'elle n'a pas les moyens de refuser, et qui la remplit d'effroi : le temps de ce séjour au bout du monde, saura-t-elle résister à l'élan qui la pousse irrésistiblement dans les bras de cet homme encore plus beau et séduisant qu'autrefois ?

UNE SEMAINE POUR S'AIMER, *Kate Hewitt* • N°3433

- Le destin des Bryant - 1ère partie

Une semaine sur une île paradisiaque des Caraïbes avec interdiction de s'approcher du moindre dossier ? Autant dire une véritable torture pour Millie. Après les tragiques événements qu'elle a vécus deux ans plus tôt, son travail est son refuge, sa seule raison de vivre. Mais, lorsqu'elle rencontre le beau Chase Bryant, une idée folle naît bientôt en elle : pourquoi ne pas profiter de ces vacances forcées pour vivre une aventure torride et sans lendemain avec cet homme au charme fou ? Hélas, tandis que les jours – et les nuits passionnées – se succèdent, Millie sent l'inquiétude la gagner. N'est-elle pas en train de commettre une terrible erreur et de prendre le risque — interdit — de tomber amoureuse ?

L'ÉPOUSE INSOUMISE DU CHEIKH, *Trish Morey* • N°3434

- Secrets d'Orient - 1ère partie

Avec consternation, Aisha entend son père lui confirmer ce qu'elle craignait plus que tout : en vertu de lois archaïques, elle va devoir épouser le cheikh Zoltan, cet homme arrogant et sans cœur qui ne lui cache pas tout le mépris qu'il a pour elle. Il s'est montré très clair : s'il l'épouse, c'est uniquement par devoir. Une fois qu'elle lui aura donné l'héritier qu'il attend, il entend bien ne plus rien avoir à faire avec elle. Bouleversée, Aisha sait néanmoins qu'elle ne pourra pas échapper à cet odieux mariage. La paix est à ce prix. Mais cette perspective serait sans doute moins terrifiante si Zoltan n'éveillait pas en elle des sentiments inconnus et troublants. Si intenses qu'ils sont forcément dangereux...

Attention, numérotation des livres différente pour le Canada : numéros 1852 à 1861.

www.harlequin.fr

Composé et édité par les
éditions **HARLEQUIN**
Achevé d'imprimer en novembre 2013

La Flèche
Dépôt légal : décembre 2013
N° d'imprimeur : 3001924

Imprimé en France